DEGELO

A marca FSC® é a garantia de que a madeira utilizada na fabricação do papel deste livro provém de florestas que foram gerenciadas de maneira ambientalmente correta, socialmente justa e economicamente viável, além de outras fontes de origem controlada.

ILIJA TROJANOW

Degelo

Um romance

Tradução
Kristina Michahelles

Grafia atualizada segundo o Acordo Ortográfico da Língua Portuguesa de 1990, que entrou em vigor no Brasil em 2009.

Título original
Eistau

Capa
Alceu Chiesorin Nunes

Foto de capa
Ignacio Aronovich

Preparação
Mariana Delfini

Revisão
Adriana Cristina Bairrada
Valquíria Della Pozza

Dados Internacionais de Catalogação na Publicação (CIP)
(Câmara Brasileira do Livro, SP, Brasil)

Trojanow, Ilija.
Degelo: um romance / Ilija Trojanow; tradução Kristina Michahelles. — 1ª ed. — São Paulo: Companhia das Letras, 2013.

Título original: Eistau.
ISBN 978-85-359-2305-6

1. Ficção búlgara I. Título.

13-06367 CDD-833.92

Índice para catálogo sistemático:
1. Ficção: Literatura búlgara 833.92

[2013]

EDITORA SCHWARCZ S.A.
Rua Bandeira Paulista, 702, cj. 32
04532-002 — São Paulo — SP
Telefone: (11) 3707-3500
Fax: (11) 3707-3501
www.companhiadasletras.com.br
www.blogdacompanhia.com.br

Para S., minha companheira nas palavras

At each slow ebb hope slowly dawns that it is dying.
[A cada lento esvaecer, lentamente vislumbra a esperança que está morrendo.]

Samuel Beckett, *Company*

1. S 54°49'1" W 68°19'5"

Não há pior pesadelo do que ser incapaz de voltar para o estado de vigília.

Reencontramo-nos, como sempre na véspera de o navio zarpar, numa espelunca em Ushuaia, ladeira acima, longe das ruas mais movimentadas, chegamos bem naquele instante do dia em que uma última nesga de luz se dissipa no céu mais profundo. Espremidos numa daquelas mesas de madeira compridas, sentimos certa solenidade entre nós depois de meio ano de separação, somos servidos por um velho que não parece malandro, mas que um dia, ao se despedir, confidenciou-me que já acha bom quando não sente vontade de fincar a faca na própria mão. O velho não tem muito a oferecer, mas serve bebida em troca de algumas poucas moedas, para mim basta ficar assim, sentado com o copo na mão, cercado pelo largo sorriso de boas-vindas dos filipinos que formam a massa trabalhadora da tripulação. Diligentes e perseverantes, eles avançam, e a cada dia a bordo se aproximam mais de uma vida caseira, da sombra protetora da grande família, revelando uma leveza surpreendente durante a jornada de trabalho. Para mim, eles serão um eterno enigma. Ushuaia não consegue alterar seu humor, as reminiscências latejantes, o eco dos massacres, eles nem percebem essa frequência, isso faz parte da herança europeia, são cicatrizes do homem branco. Vagam por ali como por qualquer outro lugar profanado da nossa expedição (que palavra mais pretensiosa da liturgia dos folhetos de propaganda), parece que nem tocam o chão nas poucas vezes em que realmente tocam o chão. Isso nos divide, não temos um passado em comum: o que me paralisa parece enchê-los de vida. Afora isso, parecem ser fáceis de *lidar*, como anunciou à exaustão o administrador do hotel a bordo (querendo dizer, com isso: mais fácil que os renitentes chineses), como se ele próprio os tivesse domado, tão trabalhadores tão pacientes tão mansos. Esse jeito submisso me incomodaria se não fosse por Paulina, que nesse exato momento deve estar ocupada em conferir um toque pessoal à nossa cabine com uma flor artificial e inúmeras fotografias, todo o zoológico dos parentes, as avós na primeira fila, sentadas em cadeiras carregadas para o jardim, o trançado de vime quebrado em vários lugares, na fileira de trás, em pé, as filhas e os filhos, todos leais, com exceção de um, que foi embora secretamente, dizem que está picando legumes em algum restaurante de Nova York. Eu brindo com os conterrâneos de Paulina, mecânicos, cozinheiros, pilotos de barco e o gerente do restaurante, Ricardo, tão insignificante quanto uma mala lacrada, mas atenção: seu poder se revelará durante a viagem, cada passageiro irá conhecê-lo e valorizá-lo (*Howzit Mr. Iceberger*, ele vira o polegar para cima, sempre preocupado em, profilaticamente, afastar qualquer possível mal-entendido). É hilário ver milionários do hemisfério Norte fazendo fila diante de sua mesa, curvando-se e deixando envelopes para agradecer a tão ansiada mesa a estibordo, com vista para os blocos de gelo flutuantes e as focas-leopardos. Pessoas ricas, e isso eu passei a entender ao longo dos últimos anos em alto-mar, estão dispostas a pagar somas consideráveis para obter pequenos privilégios, é o que as diferencia da grande massa, é o que alimenta a confiança de Ricardo e financia a ampliação de sua aposentadoria em Romblon. Ele tem por focas-leopardos, focas e pinguins o mesmo desinteresse que por geleiras ou icebergs. Não perde nada de vista, *what a view, fantastic, fantastic, take your seats*, sorriso largo, exibindo seus dentes, usaria do mesmo jeito esse monte de *fantastics* se houvesse pessoas dispostas a pagar por uma tribuna em um depósito de lixo — o que move nosso gerente de restaurante são as vendas. Sempre que estamos todos reunidos, ele flerta com a loura das baleias à sua esquerda, polindo tanto suas piadinhas recorrentes quanto as unhas, *one of these days* vou ouvir a sua palestra, sério, quero entender as baleias desde que as vi, lá do restaurante, espirrando água para o alto, sim, são belas, mas eu queria saber por que a *beautiful* Beate ama mais as baleias do que os homens, ele pergunta a ela, e jura que em sua próxima palestra estará sentado na primeira fila para escutar e anotar cada uma de suas palavras, isso é o que ele promete naquela nossa mesa comprida de madeira cheia de rabiscos descomprometidos, *this time*, juro por Deus, a mulher das baleias lhe dá um beliscão no braço, ela fala inglês com sotaque alemão, alemão com entonação espanhola e espanhol com coloração chilena. E mais uma vez ele sairá sem sua lição sobre a vida dos cetáceos. Certo é que, ao final da viagem, Ricardo andará de um lado para o outro empunhando um chapéu de chef, recolhendo gorjetas para os homens da cozinha, enquanto esses formam uma fila na frente do bufê para apresentar uma canção na língua tagalo, dos filipinos. Parece o hino ao servidor desconhecido e é freneticamente aplaudido toda vez que o apresentam.

À mesa também estão reunidos os especialistas que ministrarão palestras no navio *Ms Hansen*, conferencistas de férias, em outras palavras, como eu fiz durante três anos até ontem, pois, logo depois da minha chegada, o comandante mandou me chamar para confidenciar que, de uma hora para a outra, o coordenador da expedição tivera de ser internado em Buenos Aires, a suspeita era de gripe suína, ele não poderia de forma alguma estar conosco nessa primeira etapa, na melhor hipótese ele estaria de volta a partir do canal de Beagle, até ali era preciso encontrar um substituto, disse que confiava na minha competência, que eu conhecia bem o assunto, que era engajado com a causa, que tinha uma boa experiência de vida (ainda que de vez em quando exagerada, como traiu o seu olhar), além de experiência de bordo. Eu não quis concordar nem discordar e, portanto, recebi a pasta com as instruções. A partir de agora, vou passar muito tempo com equipamento de rádio e sistema de alto-falantes, para informar aos passageiros a meteorologia, o trajeto, o próximo destino. Cada um de nós, conferencistas, possui conhecimentos altamente especializados em oceanografia, biologia, climatologia ou geologia, cada um de nós sabe contar casos divertidos e instrutivos de bichos nuvens rochas, cada um de nós é um refugiado de um jeito muito peculiar, *somos cidadãos de lugar nenhum*, quem cunhou essa expressão foi El Albatrós, nosso ornitólogo uruguaio. *Mr. Iceberger*, ele acena para mim com a cabeça, mais um que me chama assim, alguns jamais usaram o meu nome de batismo, Zeno, outros nem sabem como pronunciá-lo, se é *Zen-oo* ou *Ze-no* ou *Seij-no* (na boca de Jeremy, nosso jovem californiano inexperiente, que quase poderia ser meu neto). São detalhes aos quais eu não dou importância; às vezes, sou assaltado pela suspeita de que os colegas usam esse apelido para disfarçar a convicção de que eu sou uma pessoa estranha. Bastante curioso quando, entre pessoas entusiasmadas, você é tido como entusiasmado demais.

Durante o dia, Beate levara um grupo de passageiros ao Parque Nacional, onde as trilhas correm paralelas às baías, onde a luz do sol incide lateralmente, pousando nas folhas como borboletas, onde cada um de nós já fez a caminhada leve pela selva da Patagônia, mas neste ano inauguraram uma trilha nova e Beate, muito responsável, não quer passar pelo constrangimento de saber menos do que qualquer um dos turistas, mesmo em se tratando de uma pequena trilha que leva a outra baía. Por isso, conta ela agora em detalhes, pegou um dos ônibus numerados de um a cinco, passando pelo campo de golfe mais austral do mundo, saiu pelo fim da rodovia Pan-americana até um grande estacionamento, do tamanho de dois campos de futebol, em que *aliens* aterrissam na natureza e do qual uma pequena escada de madeira envernizada leva até a trilha. Quantas baleias você viu?, pergunta Ricardo, brincando. Uma, responde Beate. Uma baleia, como é possível? Um ermitão? Um animal jovem? Uma baleia encalhada, responde Beate, um animal de pedra, está em terra firme e começa a ser coberta por musgo, as crianças podem subir nela. Ela para. Ela fica lá como um *memento mori*. Beate faz uma pausa mais longa. A baleia é tão maciça, parece que vai durar uma eternidade. Na nova trilha, a cada duzentos metros há uma lixeira e um banco. Lixeira banco lixeira banco, foi assim que cruzamos a selva. Nosso guia, diz Beate, era um idiota de botas, um *porteño* que quer passar o verão no clima mais fresco do sul, tentando compensar com o falsete o que não sabe explicar, refere-se aos nativos como animais selvagens, nem sabia os seus nomes, referia-se a eles como "comedores de grama", fazia piadas idiotas, sabemos tão pouco sobre eles, disse ele, eram tão retraídos, mal viam um ser humano, já encolhiam o rabo, quando alguém se aproximava, saíam correndo como porcos-espinhos ou se escondiam na terra como gambás. Eu não me contive e lhe ensinei na frente dos passageiros que o povo natural daquelas matas se chamava *Yahgan*. *Yah-gan*, ele repetiu a palavra como se precisasse descascá-la, o nome combina com um povo indígena, tem um som exótico, como uma rara espécie de aranhas. Eu mencionei as botas dele? Elas deixavam sulcos fundos, um nome ficava marcado na terra úmida a cada passo, suponho que era o nome do fabricante. Alguém de vocês sabe me explicar como se chegou a esse estranho nome, "povo primitivo"? Beate emudece e, de repente, todos silenciam, como que obedecendo a um sinal secreto. Nem todos ouviram a pergunta, mas a resposta se espalhará pela mesa inteira. Porque nós acabamos com eles, digo em voz alta. Porque destruímos tudo o que é da natureza. Reverenciamos os povos destruídos, expomos suas máscaras e seus retratos em sépia e nos dedicamos àqueles que exterminamos.

Um suspiro se dissemina entre os conferencistas, *here he goes again*, eles esperam um dos meus surtos, já tiveram de aguentar várias vezes as minhas avalanches de fúria, sabem por experiência própria que, uma vez que Mr. Iceberger começa com suas afirmações categóricas, tudo termina de forma apocalíptica. É nossa primeira noite juntos, mordo minha língua e emudeço, enquanto à minha volta outras conversas começam a pipocar.

Sou o único a ficar com o velho, que passou a noite inteira servindo, mudo. Tornou-se um hábito, desde a primeiríssima vez em que o procurei. Daquela vez, eu esquecera minha câmera num dos bancos de madeira de sua espelunca e precisei voltar correndo, atravessando o frio e o vento duro, congelei, o velho estava sozinho, arrumando, serviu uma bebida para me aquecer e uma conversa, inicialmente nossa estranheza aumentou, mas frase depois de frase, copinho depois de copinho, desarmamo-nos até nossas feridas ficarem expostas. Depois daquilo, não nos largamos mais. Calmo, ele limpava as mesas de madeira com movimentos circulares, as veias das mãos saltadas como fendas de gelo, a pele coberta de manchas marrons em muitos lugares. Com uma ira irreconciliável, insulta seu destino por ter nascido, crescido e envelhecido nessa Ushuaia, que desde tempos imemoriais sempre foi um lugar provisório, em que toda loja se chama *Finisterre* e todo avental ostenta pinguins, nesse fim de mundo que não tem pena de ninguém, nem daqueles que vagavam descalços sobre espinhos até serem assassinados pelos aventureiros e degredados, nem dos exilados com suas pesadas correntes, cuja ânsia de fugir cortava fundo a carne, nem de seus filhos e netos que rastejam diante dos turistas como se quisessem juntar os pedaços de lama secos sob suas solas, como se ainda existisse ouro em pó no solo da Terra do Fogo. Um lugar se torna melhor quando as pessoas se mudam para ele por livre e espontânea vontade? Turfa encharcada com sangue aquece quando é queimada no fogão em casa? O velho some por um instante, retorna com dois copinhos abaulados. O líquido dentro deles tem cheiro de baunilha e arde na garganta. O velho se mexe sem parar, do balcão até as mesas, de uma mesa para outra, como se ainda fosse necessário amarrar alguma coisa. Sigo-o até a janela. Na chuva fina, os escassos lampiões na rua se tornam borrões longilíneos. Nós nos rendemos ao burburinho longínquo. De repente, ele recomeça a falar.

— Quando era menino, eu ficava agachado na frente da nossa casa durante a tarde, essa casa aqui era o nosso barraco, olhando para a cidade. Quando as nuvens estavam baixas, parecia que a rua ia sumir junto com a neblina. Eu descia correndo pela rua, cheio de esperança; mas toda vez que chegava, encontrava apenas a sujeira do porto.

Sentamo-nos, pela primeira vez. Até ali, nossas conversas haviam acontecido entre a mesa e a porta. Agora, ele me serve mais uma dose, como se ainda tivéssemos muito estoque na despensa. Suas falas são pontos entre longas frases de silêncio:

— Aqui, quem se mantém ereto durante a vida, acaba punido com um tiro no pescoço.

— Lembrávamos o meu avô assassinado com um silêncio temeroso.

— Minha mãe falava para tomar cuidado com os de uniforme, assim como outras mães alertam seus filhos contra cães bravos.

De repente, ele se vira para mim e fala olhando direto nos meus olhos.

— Você está indo de novo, permitindo que tudo aconteça. Está profanando o seu próprio santuário.

Esfrega o rosto, a barba.

— Tenho te observado. Você não passa de um monte de palavras vazias. A sua indignação é um peido. Você solta o ar, provoca um pouco de fedor, mas de resto é igual aos outros, pior ainda, você sabe das coisas e doura o seu conhecimento.

Eu não digo nada, o que o enfurece ainda mais.

— Quem aceita o que pode ser evitado é um canalha.

Quase aos berros. Em seguida, aponta para a porta pesada.

É como se eu estivesse entranhado numa moreia. Um pesadelo que perpassa todas as minhas noites.

Amanhã, os passageiros subirão a bordo. Dia 1 – Embarque. Um dia como outro qualquer. Ainda não zarpamos. A expectativa da partida me deixa ansioso, não sou marinheiro profissional, ao contrário, antes de ser mandado embora, o meu habitat eram as montanhas. Vi o mar pela primeira vez no final de uma geleira, a ponta de sua língua praticamente lambia a praia, o riacho da geleira me precedendo, tinha vinte e poucos anos e era confiante, tão confiante que me perdi propositalmente na selva entre a praia e a geleira. Hoje, a língua fantasma da geleira derretida zomba de mim, sinto-me impotente contra os súditos do pesadelo. Paulina já dorme, costuma adormecer rápido, ainda mais depois que fizemos amor. Partiremos amanhã. Será uma longa viagem. Meu quarto ano. Está escrito.

Nós nos consolamos com frases humilhantes como essa. Nada está escrito, tudo vai sendo escrito. Por cada um de nós. Assim como cada um de nós contribui um pouco para todas as ruínas envenenadas do mundo. É o motivo desse caderno de anotações, é o motivo da minha decisão de registrar o que aconteceu, o que está por acontecer. Eu me torno porta-voz da própria consciência. Alguma coisa precisa acontecer. Está mais do que na hora.

1.

São medidas perfeitas, ninguém quer saber, pode esquecer, aproveitem enquanto durarem os estoques. *Sir*, sinal de alarme na frequência 406 MHz. Coragem, modelos absolutamente delirantes, uma raríssima oportunidade, treze meses de sol, bem-vindos ao paraíso, chuva todos os dias. Transmissores de localização para emergência? Sim, senhor. Que navio? Impossível identificar, senhor. Os afrescos estão sendo retocados desde a semana passada, a capela ficará fechada durante todo o período do verão, lamento que tenha feito essa longa viagem em vão, não podemos nos deixar pressionar, uma pergunta para o seu convidado, Arca e raça, não é verdade, basta trocar as letras, o que isso significa? Alguma coisa sempre haverá de ficar, algo sempre permanece. Tenho a indicação de uma posição, senhor: S 43°22' W 64°33'. Todos os corvos, estou farto, sob o céu, a sensação de temperatura era mais alta, são negros, que medidas perfeitas, é bem mais fácil navegar sem vento, você devia pôr mais manteiga no peixe, assunto encerrado. Algo está errado, senhor, perdemos o contato por rádio com o *Hansen*. Cadê o oficial do rádio? Não responde, senhor. Minha vez agora, larga isso, esse sutiã é meu, prende a respiração, Charly, um, dois, que roupa mais complicada, quando precisamos dela, ela emperra, dias melhores virão. Radar? O navio se move rumo nor-noroeste. Todas as frequências foram checadas? Sim, senhor. Continue tentando, vou contatar a capitania dos portos argentina. Só uma dúvida, se eu entendi tudo corretamente, vamos todos para o céu ou para o inferno, o certo é que vamos para algum lugar, portanto, somos todos imortais? Prefectura Naval Argentina? Sí... sí... A última posição informada foi S 54°49' W 68°19', depois perdemos todo contato com o *Hansen*. Eles vão conseguir o melhor desempenho, ninguém duvida disso, não leva tão a sério, basta respirar fundo, que medidas fantásticas, fazemos o que podemos, podemos fazer alguma coisa, BREAKING NEWS: NOVA AVARIA NA ANTÁRTIDA? BREAKING NEWS: NOVA AVARIA NA ANTÁRTIDA? e mesmo assim

11. S 55°05'0" W 66°39'5"

Antes de partir, todos os passageiros precisam provar que são saudáveis (não precisam ser supersaudáveis, mas suficientemente saudáveis), eles sobem ou descem degraus, quem tem alguma limitação física usa o elevador, no deque 4 perfilam-se diante do médico brasileiro, metido num uniforme impecável, a cabeleira perfeita, ele passa cada minuto livre na sala de ginástica apertada como um caixão, com *heavy metal* de São Paulo nos ouvidos, sem despregar o olho da saída de emergência. Nunca conversei com ele. Orgulhosos, os passageiros que foram declarados saudáveis ostentam seus atestados médicos como se fossem entradas para a ópera, eles se conhecem, conversam, já viajaram para aqui e acolá, concordam com tudo, mas o calor, mas os rebeldes, por outro lado, há tantos lugares para visitar, difícil escolher o destino, mas primeiro será preciso passar por esta aventura. Por motivos bastante óbvios, todos estão saudáveis, mesmo quando estão a poucas batidas cardíacas do infarto.

* * *

Levantamos âncora com a última luz do dia. Ninguém acena, nem no cais, nem no deque. Uma despedida casual. Em Ushuaia, quase ninguém fica para trás, ninguém de quem sentiremos falta. Gosto de ficar no deque superior refletindo sobre as silhuetas que passam. Tenho horror à hora do pôr do sol, ele costuma reduzir a diversidade a apenas um único efeito. Ninguém conversa comigo, os passageiros ainda não me conhecem, a apresentação dos conferencistas e do coordenador da expedição só acontecerá amanhã depois do café da manhã. Partimos sem fanfarras, passamos a leste pelo canal de Beagle com uma velocidade de aproximadamente setenta nós, depois de algumas temporadas a bordo já posso estimar isso com grande precisão. Vejam, grita um passageiro, aquele rochedo, parece que a montanha tem uma barriga de tanquinho. Os risos do grupo tamborilam na penumbra. Tudo sempre se repete, a miniaturização da natureza nas filmadoras ligadas. Eu me retiro para bombordo. Espere, não fuja! O pianista vem direto em minha direção, arrastando um rosto que se destaca da escuridão, um rosto cheio de cicatrizes sob fileiras coloridas de luzes. Permita-me apresentar, Mrs. Morgenthau, este é o nosso novo coordenador da expedição, um cavalheiro nato (o pianista é britânico), certamente poderá responder sua pergunta a contento, o coordenador sabe responder qualquer pergunta a contento (o pianista tem fama de ser espirituoso, *great wit*).

— Muito gentil da sua parte, eu estava me perguntando: essa montanha que se eleva de forma tão dramática, essa montanha certamente tem um nome?

— Monte Misery — respondo-lhe com precisão geográfica, e a americana olha para mim como se quisesse provar que estou mentindo. O pianista faz um esgar de riso, seu senso de piada emergiu.

— Não se intimide, pode perguntar o que quiser, e quando quiser, ao nosso coordenador durante a viagem. Eu sou responsável pelo entretenimento musical à noite, de resto fico tocando, a senhora ouvirá.

— As pessoas que viviam aqui — prossigo — eram nômades da água, tinham muitos nomes para montanhas, rios e florestas, dispõem de um rico vocabulário para nomear aquilo que as rodeava sem se apoderar da natureza. Esse estreito aqui, por exemplo, era chamado de "água que perpassa o crepúsculo".

— E essa ilha por que vamos passar daqui a pouco, você sabe qual é, ela tem um nome bem estranho, não?

O pianista pergunta, mas já conhece a resposta, apesar de aparentar estar confuso. Vou entrar no jogo e responder.

— Chama-se ilha Fury.

Mais um olhar desconfiado.

— Isso mesmo, ilha Fury, eu havia esquecido esse nome. Venha, senhora, não importunemos mais nosso novo coordenador, aliás, preciso lhe informar, antes que a senhora venha a saber através de fontes duvidosas, que nosso navio vai passar pela baía Last Hope, espero que só quando estivermos mergulhados no sono mais profundo.

A risada do pianista se dissipa como vapores de gases de combustão.

Neste primeiro dia, o plantão de Paulina termina antes da meia-noite. Os passageiros ainda não tiveram tempo de se conhecer, os bêbados contumazes e os frequentadores de botequim saíram cedo do bistrô e do bar, Paulina pressiona todos a fazerem seus últimos pedidos, ajuda um americano idoso a ir para a cama, está ansiosa para chegar à nossa cabine mais espaçosa (como convém ao cargo do coordenador da expedição), até agora não tivemos chance de comemorar nosso reencontro. Eu fui promovido ao deque 6, onde fica a elite do navio, ao lado do primeiro-oficial e do oficial de navegação, perto da ponte de comando, e quando pisei no corredor, há alguns minutos, dei inesperadamente de cara com o comandante, o seu escritório refúgio fica algumas portas adiante, do outro lado do corredor. *The captain* está a um passo de distância, digo para Paulina. Ela ri, cuidado com ele, não ofenda, sempre conseguimos rir juntos, isso sempre me surpreende, antes eu tinha fama de ser mal-humorado, e com razão: achava as piadas dos outros uma chatice, escutava-os dando sorrisinhos, mas nunca ria, minha antiga mulher passava muitas noites gargalhando em voz alta e irritante, a mim nada nunca parecia hilário. Com Paulina é diferente, ela consegue me fazer rir, despir-me como se a nudez fosse um sinônimo do bom humor. A libido de Paulina é vizinha do riso.

Depois de tanto tempo longe, a redescoberta sucede à conquista, no meio disso, ela está ao meu lado, os pés cruzados, suas vergonhas abauladas, conversando amenidades, o ruído mais tranquilizador que eu conheço, fico escutando o som gorgolejante, acontece tanta coisa durante os meses em que ficamos separados, uma cascata de acontecimentos, as consequências da erupção do vulcão Mayon, o lábio leporino operado do filho da vizinha, o massacre de algumas dúzias de jornalistas na ilha vizinha, o velho pescador cuja mão direita explodiu, a mãe que ficou cega, o irmão que ficou idiota, a infertilidade da irmã, o padre flagrado na sacristia depois da missa com a batina jogada nas costas de uma viúva receptiva, e o resto da história se afoga em risos. Mas o que eu deveria lhe contar? Falar das visitas semanais ao meu pai, que briga com qualquer pessoa que se esforça para ajudá-lo, enfermeiro, médico, cozinheiro, todos os que conheceu no asilo (amigos não tem mais, desde o fim da última guerra) e até o motorista de táxi que o leva uma vez por semana ao cemitério para que ele possa se certificar de seu lugar ao lado da minha falecida mãe, o *pedacinho de terra* que espera ser seu. Depois que me separei do meu instituto e a minha mulher se separou de mim, chamei-o para vir morar comigo, no quarto vazio de Helene; muitas vezes ele me acordava às três da madrugada falando alto, uma vela na mão, arrastando seus chinelos pelo corredor, berrando com a sombra da sua mão trêmula na parede. Eu também sou um herege! Demorava até ele se acalmar, às vezes caminhava até o dia raiar, e jamais me contou contra que acusação se defendia. A vida inteira, papai foi tido como cabeça-dura, rebelde, arruaceiro. Era uma fama cômoda. Ele batia na mesa sem jamais tirá-la do lugar. Ladrava sem morder. Agora que sua energia está se esvaindo, suas reclamações estão definhando, feito uma tosse seca. Devo chatear Paulina com o fato de que meu pai perdeu o momento certo de morrer? Prefiro me refugiar nas histórias dela, que são bem menos miseráveis do que as minhas.

Todos os anos, Paulina e eu dividimos uma cabine durante alguns meses, convivendo no navio, depois vem uma separação de mais de meio ano, quando nos perdemos de vista, e eu não me importaria se durante esse tempo ela tivesse um caso com o vendedor de coca-cola de Legazpi City (ele gruda nela o tempo todo, mas só lhe oferece o status de amante). Sinto-me com Paulina como o velho Amundsen com o sol: adoro revê-la sem sentir dolorosamente a sua falta. Tentamos encurtar essa distância. Ela veio me visitar, depois da primeira temporada na neve eterna, não foi bom, um vizinho me deu os parabéns pela "conquista", outro perguntou se ela também poderia fazer faxina na sua casa.

Paulina nunca conseguiu entender por que não tenho carro apesar de ter dinheiro para comprar um, uma falha que, ao longo de um abril chuvoso, se tornou bastante sensível, só conseguia suportar minha pátria no alto da montanha Zugspitze (peguei o bondinho pela primeira vez, não consegui nem mesmo convencer Paulina a descer a pé), passamos as noites nos estranhando, estávamos mutuamente esgotados, nosso desejo acabou mais rápido do que o tempo. Tampouco foi harmoniosa minha estadia como convidado na ilha de Luzon. Da noite para o dia, Paulina se tornou uma mera pecinha na engrenagem. Deixou de ser Paulina e se tornou a filha mais velha, a irmã próspera, e eu, um suvenir que se traz do exterior e se deixa em um lugar bem visível em casa, até um belo dia perder a novidade, ficar parado no meio do caminho, ser empurrado de um canto para o outro e, finalmente, ignorado. Mas eu não tive paciência para esperar tanto tempo, por isso, fui até a praça do mercado e peguei um ônibus com o nome promissor de Inland Trailways, atravessei o país, buscando em cada rosto um traço de Paulina e encontrando apenas estranhos. Na minha volta para casa, todos no aeroporto usavam máscaras, máscaras que idolatram deuses.

No fim do verão do hemisfério Norte, nós nos reencontramos no sul, felizes e juntos. Fomos feitos um para o outro, mas só na Antártida. Paulina é uma bênção que eu não poderia mais ter.

Um passageiro que está viajando conosco pela enésima vez pergunta ao comandante no primeiro jantar como foi o balanço do gelo na última temporada. Nunca vi tanto gelo movediço quanto no início da estação, responde o comandante, nunca vi tanto verde como no final da estação.

2.

É um segredo de Polichinelo, fugimos para o sul, onde os dólares caem do céu como flocos de neve, é preciso apelar para que todos façam sacrifícios, pode ir pedindo enquanto duram os estoques, o museu está fechado, um vazamento, o telhado era velho e furado, e agora o ponto alto desta noite, odeio esses gordos escrotos em seus carrões poluidores, esses Cayenne Turbo. Temos um problema com um dos nossos navios, o *Ms Hansen*, perdemos o contato por rádio. O.k., Charly, pode ir, o cinto é seu, seu dedo-rápido, um, dois, três: pat-pat-pat-pat, minissaia no chão, apertado nos colhões, *showtime*. Confirmo que o *Ms Hansen* está rumando com toda a velocidade em direção noroeste, o rumo está errado, sim, continuamos sem contato por rádio, não temos explicação, temos que estar preparados para qualquer nova emergência. Isso que é eficiência, lol, nosso joguinho divertido consiste em formar frases inteligentes com as palavras "babado" e "borogodó", o primeiro que conseguir ganhará nosso disputado copinho, insistimos em que a comissão tenha membros internacionais, é preciso investigar, a cotação do níquel foi divulgada hoje de manhã com um inexplicável atraso, ótima solução, coisa ruim nunca vem sozinha, dois, três, quatro. Não, nada de Mayday, nenhum indício de problemas, nenhuma menção de distúrbios no *daily report*, bloqueio na estrada, tirar cada um desses idiotas de Cayenne Turbo e mandar escolher: ou o carro, ou o pênis, estão indo bem, piadinha rápida: entre os cristãos, o deserto era visto como lugar do mal, o deserto é o lugar do bem, como seus mensageiros podiam estar tão equivocados, senhor bispo? Uma boceta totalmente lisinha, E-vulva, ta tata-tata tata e *lungo per me*, Charly, você quer nos enganar, seu boca suja, um urso entre as coxas, diferenças entre minhocas e chimpanzés, entre punks e porteiros são puramente culturais, atenção, prestem atenção BREAKING NEWS: NATUREZA NÃO CORRE RISCO, MORRERAM TODOS? BREAKING NEWS: NATUREZA NÃO CORRE RISCO, MORRERAM TODOS? continua assim

III. S 53°22'5" W 61°02'2"

Explicar o gelo, foi isso que me atraiu desde o início para aquela missão, que caiu do céu junto com a chuva. O colega Hölbl chegou disfarçado de mensageiro que traz boas notícias, fechou o guarda-chuva e perguntou se era preciso tirar os sapatos no hall. Não me lembro mais do que ele disse, "estou tramando algo contra você" ou "preciso de um favor seu", se chegou sorrindo ou fez um olhar inquiridor, no instituto circulavam boatos de que eu andava meio desleixado, sem trabalho sem casamento nem nada que me prendesse, já que eu era um tipo tão temperamental, isso chamou a atenção de vocês, ele não aceita mais convite algum, embora nunca tenha sido sociável (sempre suspeitei de palavras que começam com "soci" — sociedade = uma miragem, sociável = um tédio mortal, sócio = um escravo da própria utilidade), daqui a pouco ele vira ermitão, vai desmanchar, assim diziam, segundo Hölbl, mas, apesar de seu relato um pouco sarcástico, era evidente que ele também se preocupava comigo, com sinceras rugas de preocupação, isso ao mesmo tempo me comoveu e irritou, os Hölbl deste mundo jamais esperariam uma decadência moral entre os incontáveis profissionais que se sacrificam rotineiramente, somando feridas nos dedos, coceiras no cérebro, por uma mísera remuneração. Do seu ponto de vista, eu era um doente porque sentia falta do gelo. Esperto como era, não fez uma abordagem terapêutica naquele dia chuvoso de outono, mas suplicou que eu lhe ajudasse a sair de uma situação embaraçosa, estava numa sinuca, tinha confirmado um compromisso sem cancelar outro, a velha armadilha poligâmica (Hölbl fazia esforços visíveis para tentar me divertir), tentou de tudo para me alegrar, descrevendo-me a vida amorosa a bordo de maneira tão sedutora, como se eu tivesse acabado de sair de um mosteiro, disse que arrumar uma parceira era tão fácil quanto pegar um resfriado, que eu poderia me deliciar com aquilo sem problema algum, pois aquelas escapadelas amorosas nunca continuam em terra firme, aquilo, sim, era descanso garantido, não havia estudantes a bordo (com esse esforço bem-humorado, Hölbl se desvalorizava um pouco), algumas palestras, algumas excursões até as colônias de pinguins e pronto, era esse o serviço, em suma, um ócio lucrativo, a bordo isso se chama *busy working holiday*, você aprende num instante a linguagem náutica, e a matéria você já conhece de cor, falar inglês não é problema para você, eu preciso ir ao toalete, enquanto isso, dê uma olhadinha nessas fotos aqui. O velho sovina mandara fazer cópias baratas, as formas eu já conhecia, as cores é que pareciam artificiais, espalhei-as pela mesinha, uma ao lado da outra, uma por cima da outra, até cobrir toda a madeira. Para onde eu olhava, neve gelada e lisa, fendas e listras brilhando ao sol, ondas cristalinas — tudo o que já conheço, mas mesmo assim eu via ali um mundo desconhecido, em que as geleiras não desembocam no vale, e sim no mar, as fotos se encaixavam, formando uma escultura sagrada atemporal, eu secava as mãos na calça, cada palavra que a água antártica me sussurrava era congelada, toquei timidamente em um iceberg e deixei uma impressão digital, fantástico, não? A meu lado, Hölbl bateu com a mão direita no encosto da poltrona, sua risada explodiu como fogos de artifício. Há momentos em que você se obriga a rir também, se não quiser cortar a comunicação. Poucas semanas depois, eu já estava no auditório de um cruzeiro, as pernas ainda um pouco bambas, surpreso com a quantidade de gente que viera assistir à minha palestra (às nove e meia em inglês e às onze horas em alemão), mais gente do que em qualquer conferência minha anterior, sendo que um excesso de pessoas idosas compensava a falta de público jovem. Esses passageiros se sentiam obrigados a aprender tudo sobre a Antártida, embarcavam com parcos conhecimentos, com ânsia de informação, isso era favorável para mim, pois me permitia estampar o meu carimbo em sua visão do desconhecido. Nesta viagem, diferente de qualquer outra, eles mergulham em publicações informativas, em vez de devorar romances policiais, como fariam em outra parte; para relaxar, leem *A pior viagem do mundo* — assim, de cara com o gelo eterno, até mesmo autistas da civilização sentem falta da própria essência. Eu escuto a minha voz e me surpreendo com o tom da minha conversa, contando como a África se chocou com a Europa, como a Antártida escorregou para o sul e congelou, os Alpes formando a zona intermediária. Antártida significa "oposto a Ártico", e o nome foi dado por Aristóteles, porque, por motivos de harmonia, era preciso ter um equivalente no sul para o gelo do norte, o único que o homem descobrira até aquela época. Um piadista afirma nunca confundir o Ártico com a Antártida, vejam que ótima ponte mnemônica, uma ponte de pinguins e de ursos, para manter o registro zoológico, pois, como todos sabem, pinguins existem somente na Antártida e ursos, apenas no Ártico, e isso tem uma justificativa, pois Ártico vem do grego antigo e significa "pertencente à Ursa Maior". Se conseguir memorizar isso, nunca mais confundirá Norte e Sul, ao contrário de todos os seus amigos, cuja primeira pergunta será sobre como foi seu passeio ao Ártico. Mas se os ursos polares forem exterminados, o nome Ártico não será mais apropriado, teremos de encontrar outro nome, estou aberto para sugestões, hoje e qualquer outro dia da nossa viagem. Não se preocupem, mesmo se o Ártico acabar (e todos os senhores aqui sentados hão de viver esse dia, se continuarem tomando seus betabloqueadores e seus anticoagulantes — isso eu não digo em voz alta, fica reservado para a minha voz interior), o Antártico continuará sendo antípoda por todo o tempo humanoide. Alguns passageiros sorriem, outros apenas esboçam um esgar. Juntos, passeamos pela história do gelo e das pedras com a ajuda de uma linha do tempo em que o *Homo sapiens* nem consegue dimensionar a sua presença, algumas vezes preciso me esforçar para que os passageiros não fiquem tontos com tantos zeros. O Ártico e a Antártida, senhoras e senhores, estamos falando de opostos extremos: de um lado, gelo sazonal, de outro, terra firme, de um lado, um derretimento impossível de ser contido, de outro, uma capa de gelo com profundidade de até quatro mil metros. De um lado, a natureza fadada a acabar, de outro, protegida até certo ponto e ainda não perdida. De um lado, reflexo da nossa destruição, de outro, símbolo da nossa compreensão. Resumindo: bom em cima, mal embaixo, inferno em cima, céu embaixo. Senhoras e senhores, estamos falando dos dois polos do nosso futuro. Faço uma pausa dramática, mais longa do que o necessário, antes de abrir a segunda apresentação de PowerPoint, uma pausa dramática para causar efeito antes de ilustrar as minhas afirmações, assim como fez Hölbl na minha mesinha de centro — não faz diferença vê-las em cópias baratas ou numa tela totalmente iluminada: as paisagens de gelo são tão impactantes que a plateia nem sequer tem coragem de pigarrear, unidos partilhamos o silêncio das aves em alto-mar.

Hölbl tinha alguma ideia do que estava fazendo? Para quem conhece o gelo da perspectiva de um bicho engaiolado em vales já desbravados, a liberdade radical do sul branco é esmagadora. Ali, qualquer exceção vira regra. O gelo cobre tudo, menos o rochedo mais íngreme. São paisagens que não existiam nem nos sonhos mais ousados do garoto de oito anos, que, com os amigos do prédio, no verão, chupava com um canudo a água de uma poça como prova de coragem, até uma mãe olhar de uma das janelas abertas e soltar um grito que caía no meio da poça.

— Sobe agora — gritou meu pai, sem se inclinar pela janela. — Vamos às montanhas.

Eu subi imediatamente.

— Que bermuda é essa?

— Tá calor lá fora, está quente pra burro.

— Você vai sentir frio.

— Não, pai, acredite, não estou com frio.

— Bem, veremos depois...

Saímos de Mittersendling, na minha lembrança papai anda o tempo todo em segunda marcha e para em cada cruzamento. Nosso motor funciona com bom humor. Eu me mexo sem parar no banco para não perder nada. Papai gorjeia, ele imita pássaros, ele é pisco-de-peito-ruivo verdilhão pica-pau-malhado-grande.

— Você faria sucesso no rádio, pai.

— Com meus gorjeios, uma hora de canto de pássaros? Ninguém ia aguentar.

— Não, quero dizer, junto com outros cantores — alternando, uma música, depois um passarinho.

— Mas como? Senhores e senhoras, a próxima atração é o mais recente sucesso do melro-preto? Você acha que eu consigo disputar o primeiro lugar com Fred Bertelmann? Ninguém aguenta. Bem, veremos...

O pai permite que eu abaixe o vidro da janela, em seguida já não escuto mais os gorjeios. O fusca do pai tem apenas algumas semanas, antes ele tomava o bonde e nós íamos a pé. Só chegávamos aonde nossos pés conseguiam nos levar. Conto os carros que vêm na direção oposta, bem como os que nos ultrapassam. Carros vermelhos valem o dobro, não me lembro mais por quê. Mal somei cem pontos quando o pai avisa que chegamos. Nem era tão longe, três horas, talvez três horas e meia, estacionamos o carro e subimos por uma trilha, e de repente vejo um paredão e sinto um frio incomum para o auge do verão. Quando, horas depois, voltamos para casa, esfrego minhas mãos nas coxas, a pele toda arrepiada, sinto meus sapatos molhados e olho fixamente para a paisagem que desaparece, você vai se sentir enjoado, adverte o pai, mas eu não quero largar o binóculo, vejo a geleira pelas duas lentes, uma mirada de binóculo para o meu futuro, não larguei mais. É como se tudo estivesse virado, conto depois para a mãe, como se um dragão estivesse fungando, gelado. O dragão, deitado ali, cuspindo gelo, sem parar. Você nem acredita o que existe ali, cachoeiras que são grutas congeladas, nem são grutas, capelas azuis como o seu vestido preferido, azuis e lisas. Ao sentar, você sai logo escorregando. Sabe o que o pai disse? Quando alguém morre numa geleira, ela engole o corpo e só o cospe novamente quando seus netos o procuram. No gelo existem várias coisas congeladas, disse o pai (quando era estudante, eu proclamava com a arrogância típica do conhecedor que nenhuma escultura é capaz de rivalizar com as obras de arte do gelo, e que vale mais passar um dia na geleira do que cem anos dentro de um museu). Falei da geleira, da minha descoberta, aos amigos do prédio, aos colegas na escola, aos primos e à prima no aniversário da vovó em Wolfratshausen. Contei até para o vovô. Ele estava sentado no seu cantinho, farelos negros nas narinas, escutando, imóvel, e finalmente sentenciou: você vai se virar, garoto. Falei, falei, e agora volto a me ouvir falar depois de um silêncio, agora que todos me escutam atentamente, os passageiros todos sentados em fila, a Antártida é o arquivo de todos nós, o gelo conserva bolhas de ar, bolhas milenares, como se a Terra regularmente expirasse o presente de seus pulmões, tudo se conserva naquelas caixinhas naturais, cada erupção de vulcão, cada eclipse solar, cada teste com armas atômicas, cada modificação do teor de dióxido de carbono na atmosfera (cada peido da humanidade, costuma dizer Jeremy quando estamos sozinhos). Não se esqueçam, concluo, os senhores verão muito gelo durante nossa viagem, sentirão frio, muitos dos senhores encontrarão um frio que nunca conheceram e, no entanto, não estaremos sequer passando da região tropical da Antártida, permanecendo em seu verão mais suave. Pensem nisso, poucas regiões do mundo se aquecem tão rapidamente quanto a península antártica, dentro de algum tempo estaremos criando éricas aqui, produziremos batatas, haverá ovelhas pastando, e não demorará até que fabriquemos vinho antártico. Os senhores não entrarão em contato com o frio impiedoso da planície polar. Conhecerão apenas a última extremidade da Antártida, e mesmo assim *ficarão embasbacados*! Aplausos agradecidos, longos. Ah, se a escola tivesse nos divertido metade de quanto a sua palestra nos divertiu, me diz um homem, à saída, cujo rosto agora, algumas horas depois, ao fazer estas anotações, já não está mais presente na minha memória. Poder explicar o gelo, mesmo duas vezes por dia, serve de consolo, por enquanto, pela morte da minha geleira.

À minha volta, vozes descompromissadas no calor do sol. Na entrada do restaurante, Ricardo monta guarda ao lado de sua mesinha, consulta seu caderno e acena: não temos mais lugar para você, há menos lugares do que passageiros, ele lamenta, mas o problema era previsível. Uma senhora de idade e com sotaque suíço se levanta a meu lado e me oferece um lugar à sua mesa, pois seu esposo não estava passando bem e ficara na cabine. Ricardo se apressa em confessar a piadinha, acalmar a mulher e me mandar sentar à mesa dos palestrantes. Alguns passageiros me saúdam, lá pelo final da viagem a maior parte me cumprimentará pelo nome. Simpático, devolvo os acenos, não me custa ser educado, não desprezo os passageiros, apesar de Paulina ser mais renitente nesse ponto, por experiência própria eu sei que eles amansarão nos próximos dias, mas como ignorar que, mesmo depois de seu regresso, não abrirão mão de seu conforto destruidor? Você é tão rígido ao julgar as pessoas, diz Paulina, como se o tivessem decepcionado pessoalmente. Se todos fossem como eu, diz ela, muita coisa seria melhor, mas muita coisa também seria pior. Quando ela não gosta de alguém, costuma dizer com voz agitada: certamente, fulano tem suas vantagens, mas eu ainda não as descobri. Para Paulina, a realidade é algo com que se deve conformar. No bufê eu me sirvo de salada verde e entradas. Quanto mais cotidiano se torna para mim esse bufê frio quente doce, mais difícil fica decidir. Em vez de torradas e arenques, travessas imensas cheias de montes de comida, tão diversificadamente coloridas quanto as bandeiras que tremulam diante dos hotéis cinco estrelas (tudo gira em torno da comida, as manobras na hora de atracar podem dar errado, a Antártida inteira desaparecer na neblina, mas é inimaginável que uma refeição possa ser cancelada). Nas primeiras semanas neste cruzeiro, minha primeiríssima experiência de navio, eu comia muito, enchia meu prato, depois de muitos anos de refeições canceladas e sanduíches rápidos, a comida farta era um suave consolo, eu comia compulsivamente, e, quanto mais comia, mais compulsivamente continuaria comendo, eu já conseguia ver isso, todas as panelas estourando de mingau agridoce que eu teria de devorar em prestações até não ter mais outra saída, outra libertação senão explodir. Quem quiser escapar do impiedoso excesso de oferta precisará se refugiar em uma atitude de comedimento severo. Uma colher de milho, uma colher de atum, uma colher de camarão com melão, alguns pedaços de tomate, algumas azeitonas sem caroço. Claro que o lugar do coordenador da expedição ainda está vago na mesa dos conferencistas. Há dias em que eu preferiria almoçar com Paulina, mas isso não é possível, só os brâmanes podem se aproximar dos passageiros, as categorias mais baixas devem fazer as refeições na cantina embaixo do deque, alguns deles não aparecem nem uma única vez para os passageiros durante toda a viagem. Posso citar você? El Albatrós termina as últimas colheradas da sopa e me olha por cima de seu prato inclinado. Como assim? Essa sua frase, "finalmente, o murmúrio do mar há de emudecer, pois quem haveria de revelar os mistérios da água, se não o gelo?", eu adoraria poder usar essa frase.

— Você assistiu à minha palestra?

— Só o final.

— Posso dá-la de presente para você.

— Não se preocupe, o copyright está garantido.

— Copyright? De que você está falando? Na *Terra nullius* não existe copyright.

— Pretendo te citar aqui, na Terra.

El Albatrós coloca seu prato de sopa na mesa. Um sentimento brota em mim, que antes eu teria designado por cumplicidade. Ele deve seu apelido a Jeremy, que devora quantidades imensas de alface e passa seus verões em San Diego, onde vende barracas e mochilas ultraleves aos aventureiros.

— Alguma vez alguém de vocês perdeu o avião e, ávido pela sensação de ser um eleito, desejou que o avião caísse?

Jeremy acabou de comer sua porção de alface, o que lhe dá a oportunidade de registrar nossas reações com a sua câmera de vídeo. Agora, ele nos cerca para fazer seu blog, que batizou de Turbulências Cotidianas. Beate volta do bufê e olha surpresa para o grupo, que emudecera.

— Vocês estão fazendo silêncio nas minhas costas?

— Jeremy, você se refere a um desses momentos em que você se mortifica por não ser Deus?

— Deus? Esse papel já tem dono, a escalação é ruim, nem os muitos *reruns* mudam alguma coisa.

— Eu estou muito mais interessada em saber se vocês preferem nascer como animais ou robôs — diz Beate.

— A mim não precisam mais perguntar — responde de bate-pronto o nosso ornitólogo. — Ainda em vida me transformaram em ave.

"El Albatrós", um dia Jeremy disse isso espontaneamente, depois de escutar pela enésima vez um elogio à grande ave branca com a maior envergadura entre todos os pássaros. Jeremy tinha um jeito próprio de pronunciar o nome, o "el" como um *chicano*, o "albatrós" bem largo, como se as vogais estivessem de asas abertas. Logo depois do almoço, El Albatrós reúne a seu redor os observadores de aves, como um guru e sua pequena seita. Não é difícil identificá-los, com seus poderosos binóculos pendurados no pescoço. Enfileirados um ao lado do outro no deque da popa, observam o movimento, concentrados, colecionando os melhores ângulos, enquanto a maresia os molha de alto a baixo, cotovelos no parapeito, binóculo apoiado, um deles se postou atrás de um telescópio, caçando um *lifer*, ele avista um moleiro da Antártida que parece muito com um moleiro subantártico, um achado extremamente raro. Eles competem (dizem que os observadores de pássaros medem suas forças oculares ocasionalmente), não é fácil resistir contra tanto vento na direção oposta, o próprio El Albatrós já foi flagrado uma vez ou outra em um erro de atenção. Depois, eles confabulam, lendo um volume aberto de *Birds of the Antarctic*, os dedos passam por penugens, pequenas nuances dão origem a brigas, por exemplo, quando não conseguem chegar a um acordo sobre que ave de rapina acabaram de avistar, categorizações equivocadas estragam o prazer com a observação. Numa das últimas viagens, eu me posicionei próximo aos amigos das aves para que pudessem me escutar, esperei um pouco antes de gritar, excitado:

— vejam, vejam, um piau-de-costas-claras preto (eu escolhera essa ave rara na biblioteca antes) — os aficionados de pássaros vieram correndo

— onde, onde?

eu apontava para o ar:

— ali, ali

e eles se curvavam para a frente,

— agora ele mergulhou,

e eles olhavam para as ondas,

— agora já não consigo mais vê-lo

eles deixavam seu olhar deslizar pelas águas,

— agora ele sumiu,

eles não desistiam, procuravam pelo céu e pelo mar, persistentes

— que pena, que grande pena, realmente.

El Albatrós perguntou com interesse sério pelas características da penugem da cabeça, pelas partes mais escuras nas grandes penas de voo, eu fingi insegurança, até um brilho no olho trair a minha culpa. El Albatrós me obrigou a confessar: tenho certeza de ter visto a fronte riscada de um iceberg, mas esse pássaro raro, não poderia jurar tê-lo visto efetivamente. El Albatrós não se zangou de verdade, tampouco gosta daqueles passageiros que dão mais importância às listas em que contam as espécies vistas do que ao milagre de um único pássaro, ao milagre de seu voo comprido, ao milagre de suas células secretas no bico com a capacidade de dessalinizar a água, ao milagre da sua arte de mergulho e navegação. Em vez disso, ficam registrando cada observação meticulosamente em seu diário, anotando o local, a hora e testemunhos, a fim de que os historiadores do futuro possam ter farto material para imaginar a disseminação das diversas espécies de aves que já existiram na Terra. Não, isso não acontecerá, os historiadores terão sido exterminados antes do último pássaro na Terra.

Será que nossos pesadelos mudam, nossos pesadelos coletivos? A essência das nossas disputas bêbadas? Os pesadelos de uma época são a sua expressão mais honesta? Meu pai se perdia numa tempestade de neve enquanto dormia (um dia ele me confidenciou isso, como prova de sua bondade), seus passos cegos o conduziam a uma casa sem portas e sem janelas, sem chaminé, uma casa habitada, com cheiro de vida (trouxinhas de repolho, os pesadelos do meu pai tinham essa precisão culinária), irradiava um calor que descongelava suas mãos congeladas, e quando ele encostava seu ouvido na parede de madeira do lado de fora, escutava vozes abafadas. Por mais que quisesse gritar, mesmo depois de ficar com os punhos ensanguentados de tanto bater, as pessoas que estavam dentro da casa não o escutavam, ou então o escutavam, mas não lhe davam atenção. Seu instinto de sobrevivência o despertou antes de morrer em frente à casa impiedosa. Eu adoraria ter um pesadelo desse tipo, eu me rejubilaria em poder jogar o meu boné para o alto durante a tempestade de neve, qualquer coisa seria melhor do que ficar sentado numa rocha com uma bola de gelo nas mãos, uma bola de gelo derretendo, a água escorre pelos meus antebraços, escorre e escorre, escorre para dentro da camisa e na coxa, pinga e pinga e forma uma poça entre as minhas pernas. Não importa se eu o seguro cuidadosamente com as mãos: o gelo continua derretendo sempre. Tento deixá-lo de lado, colocá-lo na pedra, mas ele gruda nas mãos, gruda até eu não conseguir ter mais nada nas mãos exceto uma lembrança que escorre. Que sonho repugnante e sentimental, com quanta incompreensão os colegas reagiriam a ele, Hölbl me destruiria, cagaram no seu sonho, diria. Há certos pesadelos que não se pode confiar a ninguém.

3.

É difícil para mim fazer qualquer comentário, *mamma mia*, aproveitem enquanto durarem os estoques, *tutti frutti*, não estou achando a sua reserva, nossa lotação está esgotada, temo que não consiga encontrar mais nenhum quarto nessa cidade, venham puxar nosso saco, esses idiotas, eles têm seguro?, essas obras de arte devem valer uma fortuna, quem destrói a natureza está assassinando Deus, meu vizinho já disse isso, ele está naquele navio na Antártida, você sabe, acesse nosso site rapidamente, ufaufapontocom, dá para confiar na nossa webcam, tão logo haja um mercado emergente na Antártida, abriremos um escritório lá, em outras palavras, Reverendo, estamos vivendo em tempos teocidais? Precisamos acordar o ministro das Relações Exteriores, ele precisa ser informado imediatamente a respeito deste caso, eu vou já contar-lhe o ocorrido. Todos os corvos no céu, não posso negar, mas é, sim, algo exagerado, são negros como a asa da graúna, mais cedo ou mais tarde, cada um de nós bate as botas, essa tarefa vale o futuro, e que medidas perfeitas são essas, incrível.

É urgente deixar claro que não sabemos ainda se se trata de um acidente ou de um crime, não se esqueça de mencionar que a essa altura não se pode excluir a hipótese de um ataque terrorista. Ninguém pode passear impune no paraíso, pago impostos para despesas que eu recuso fazer, ninguém questiona isso, fora os que cobram, (risos), a mesquinhez é um pecado pior do que o esbanjamento, imaginemos que todos os seres vivos tivessem o mesmo espírito, a mesma alma, mas corpos diferentes, a tua pátria é o mar, doente! bem, totalmente doente!, não exagere, patologicamente doente!! contenha-se, velho, além de qualquer esperança e cura, um número abaixo também serve?, teus amigos são as estrelas, a situação não pode ser tão dramática, quem não tem cão caça com cachorro. Todos nós acreditamos em uma boa solução, na semana passada escapamos por um triz de um desastre ambiental, disseram que aquela avaria tinha que servir de lição. Um navio está por chegar, o que o olho não vê, o coração não sente, mas que trajetória exemplar de modelo a apresentadora, impossível criticar isso BREAKING NEWS: CENTENAS DE PESSOAS ESCAPARAM DA MORTE POR UM TRIZ? BREAKING NEWS: CENTENAS DE PESSOAS ESCAPARAM DA MORTE POR UM TRIZ? só mesmo começando tudo do zero

IV. S 51°41’37” W 57°49’15”

Também chove dessa vez nas ilhas Falkland. Os dias em que não chove vão para os anais da história, assim como as noites em que os dardos descansam no bar Victory. Antes, a vida em Stanley era perigosa, insuspeitadamente perigosa. No alto da cidade, qualquer pessoa podia explorar quanta turfa quisesse, mas nos lugares onde cavavam a água se juntava nos buracos até que, um belo dia, a lama deslizou por cima da cidade adormecida sem despertar um único cachorro, devorando casa por casa, lançando a escola e a igreja na bacia do porto e sufocando um comerciante e dois tosadores de ovelhas. Isso também entrou nos anais. De acordo com o que o governador mandou proclamar alguns anos atrás, Stanley é uma cidade muito britânica numa ilha muito britânica (os conferencistas de cruzeiros anotam essas definições, eles adoram ditos e expressões). O governador se contradiz: na verdade, as ilhas pertencem à África do Sul, em termos geológicos (meu discurso), biologicamente, sem dúvida à América do Sul (opinião de Beate), em termos políticos, unicamente à Grã-Bretanha (posição de Margaret

Thatcher). Os passageiros nos crivam de perguntas sobre a guerra, uma das raras guerras entre homens brancos, lembram-se dos noticiários tensos na TV. Eu costumo responder de forma breve e objetiva. Foi a primeira guerra na história do hemisfério ocidental em que morreram mais homens do que animais. Não tenho a menor ideia se aquilo é verdade, raramente os relatos de guerra se referem aos animais, mas é uma forma de deixar os passageiros chocados.

Paulina queria muito fazer uma excursão. Nunca passeamos juntos em território sob domínio britânico. Até agora, sempre atracamos nas Falkland no final da viagem, Paulina ocupada com o inventário e eu preparando o leilão de suvenires em benefício de uma fundação que tenta ensinar aos pescadores como evitar que suas tarrafas e redes de arrasto matem anualmente centenas de milhares de albatrozes. Dessa vez, temos uma hora inteira livre à tarde. Paulina está usando uma sapatilha verde-maçã e um casaco de chuva muito grande. O vento enche seu casaco como se fosse uma vela, eu preciso segurar seu braço para que ela não saia voando. Vamos, só os dois, em direção a Gypsy Cove, sei bem onde fica a trilha molhada ao longo da costa brava, bem próxima da água, nossos passos e nossas vozes assustam um bando de patos, é o pato-vapor-das-Malvinas, proclamo com o tom de voz típico do especialista. Paulina aponta, rindo, para os destroços do navio *Lady Elizabeth*.

— Olha aí um pato-vapor especialmente grande.

— O.k., tudo bem, eu inventei, na verdade, trata-se de patos remadores.

— Você quer me fazer acreditar nisso? Patos remadores? Ora, professor, não pegue no meu pé. E aqueles ali são gansos velejadores?

— Não, é um galeirão-comum, juro, um galeirão-comum adulto.

As suas mãos conseguiram se embrenhar por baixo das capas de Gore-Tex contra vento e chuva e das malhas de lã, e, geladas e cheias de vida, acariciam o meu peito.

— Com você aprendi que quem sabe muito costuma mentir mais — diz ela com uma ironia de vento.

— Você não acha melhor dizer "inventar"?

Protesto sem muita convicção, agora o caminho se afasta do litoral, passa por uma clareira com pedras enormes até a baía de Yorke (alguns dos passageiros vêm ao nosso encontro, penso que estejam imaginando coisas). Um guarda-florestal está ao lado do pequeno abrigo de madeira, como se estivesse esperando por nós, pronto para explicar tudo. Paulina aponta para mim com o indicador.

— Se o senhor soubesse o que esse homem malvado...

O guarda aperta os lábios e ergue as sobrancelhas, eu sufoco minha irritação.

— Não foi tão grave, apenas não conseguimos chegar a um acordo sobre o nome dos pássaros.

— Vocês têm uma praia maravilhosa aqui, devem adorá-la.

— Sim, é a praia mais bonita desta cidade.

— E ainda por cima vazia. Se fosse lá em casa, estaria coalhada de crianças bagunceiras e pais deitados na esteira num sábado tão bonito.

— Isso eu não aconselharia a ninguém.

— Por causa da correnteza?

— Não é o mar, a praia é que é altamente perigosa.

— Como assim?

— É repleta de minas.

— Minas?

— Minas antipessoais.

— Não entendo isso, com tantos pinguins na praia.

— Sua pergunta é totalmente justificada, senhora, é que as minas só são detonadas com um peso acima de vinte quilos, e nenhum pinguim-de-magalhães adulto atinge esse peso, pode ficar despreocupada, os animais não têm nada a temer.

Paulina tapa a boca com a mão.

— Os soldados são os maiores defensores dos animais — digo.

— Com exceção dos argentinos — explica o guarda.

— É como no meu país — diz Paulina. Tudo parece paradisíaco, até explodir.

Ela volta a rir, mas o riso é diferente, é um riso que tenta apagar algo desagradável.

— Os pinguins-de-magalhães adoram isso aqui, cavam os buracos onde vão chocar na terra cheia de turfa, entre os tufos de grama nas dunas.

— Eles cavam buracos?

— Sim, senhora, e utilizam essas tocas durante anos e anos, eles se acasalam sempre com os mesmos pares, nunca se separam. Escolhem seu parceiro com cuidado e podem confiar cegamente nele.

Prestamos atenção nas suas explicações e nos pescadores de ostras ao fundo, despedimo-nos, entro pelo campo florido de tojo para colher um buquê de orelha-de-rato, não, não é para você, Paulina, é para o altar de família da nossa cabine, com as várias vovós. Na volta, paramos num dos tocos da cerca em que há uma pequena placa vermelha, só quando nos aproximamos vemos uma caveira com dois ossos cruzados e os dizeres: PERIGO — MINAS.

Alguém deixou um folheto no balcão da recepção que eu leio ao acaso. "As ilhas Falkland constituem um dos poucos milagres da natureza intocados do mundo moderno." Quer dizer que território minado é paisagem intocada? El Albatrós só me apresenta argumentos contrários. Se todas as praias fossem minadas, já não precisaríamos mais nos preocupar em proteger as reservas de aves. Escuto sem prestar muita atenção. Na mesa ao lado, alguns homens conversam, degustando colheradas de *crème brûlée*, falam da encantadora paisagem de estepe da baía de Yorke, como que feita sob medida para um campo de golfe, um típico campo de links, e, enquanto se rendem aos seus devaneios, eu fico imaginando como a posição das minas cai no esquecimento durante sua instalação. A praia ("um espetacular par 3 por cima das cabeças dos nossos pinguins-de-magalhães") seria um exclusivo obstáculo de areia, do qual podemos afirmar com justa razão: é extremamente difícil sair desse bunker.

A vida inteira eu a observei com cuidado, movido pela paixão, com instrumentos precisos. Se as minhas observações não deixaram contribuições ao conhecimento na minha área, a minha vida acadêmica terá sido em vão. Todo mês de maio e todo mês de setembro eu chegava alguns dias antes dos estudantes a fim de poder me dedicar às minhas impressões sem ser perturbado, a fim de sentir a geleira antes de analisá-la, aquela geleira que o meu orientador entregou aos meus cuidados, um casamento arranjado que, ao longo dos anos, se transformou em uma paixão, como se cada medição fosse a confirmação da sua condição única. De manhã, levantava antes do sol, amarrava os sapatos de alpinista, que, no primeiro momento, apertavam meus pés, e partia para abraçar minha geleira com os pés, subindo pelo lado esquerdo e voltando depois pelo outro lado, abaixo da parte mais íngreme. A cada vez, eu voltava a tocá-la com os olhos, com os pés. Toda vez que parava, eu tocava seus flancos e, depois, passava as mãos no meu rosto. Seu hálito gelado, aquele frio revigorante. Conhecia cada um dos seus ruídos, quando rangia, chiava, estalava, espoucava, cada geleira tem sua própria voz, quando eu viajava para conhecer outras geleiras, costumava comparar a imagem auditiva do desconhecido com aquela que eu conhecia. Uma geleira que está morrendo tem um som diferente de uma geleira saudável, é uma grande barulheira quando vai explodindo ao longo das fendas e, quando aprumamos os ouvidos, escutamos a água derretida correndo e formando lagos subterrâneos, que erodem mais rapidamente o corpo enrugado. Éramos como um velho casal, um dos dois estava gravemente adoecido e o outro não podia fazer nada. Não há palavras que possam descrever nossa relação. Conceitos como "objeto de investigação", "medição da massa", "sequência de números" não davam a dimensão correta da minha devoção, eram tão inadequados como a "contabilidade" com que, no final do inverno, medíamos a neve velha, como se fosse uma coluna em que se anotam as receitas, e calculávamos o derretimento na coluna das despesas. Essa atividade de somar e subtrair me desesperava. Ao longo dos anos, me transformei em um daqueles médicos que precisam apenas olhar bem nos olhos do seu paciente para fazer um diagnóstico preciso, eu vi a decadência da minha geleira antes que a curva dos valores da camada média proferisse a sentença negativa, não precisei esperar os resultados para compreender o que nos esperava em face dessa perda contínua. Já não era mais possível compensar os prejuízos. Envelhecemos juntos, mas a geleira ganhou a corrida rumo à morte.

Regras, regras e mais regras. Sem regulamentos rígidos, os homens pisoteariam tudo, admito, ao mesmo tempo eu me sinto humilhado em querer impor-lhes regras. Administrar a imprensa faz parte das minhas tarefas novas mais desagradáveis. Em toda viagem há jornalistas a bordo, geralmente gente de quem a companhia de navegação gosta por causa da publicidade barata em suas matérias, repórteres relaxados e fotógrafos insistentes, na última viagem da temporada passada chegaram a uma dúzia, o coordenador da expedição pediu um assessor para ajudá-lo em sua autoridade, foi assim que senti pela primeira vez como é essa tarefa. A bordo e em terra firme, os jornalistas não têm direitos especiais, é preciso colocá-los logo no seu lugar. Meu antecessor usava um tom severo, pareceu-me uma paródia malfeita de um discurso monástico de disciplina, tentei disfarçar um sorriso, virei o rosto, como se estivesse esperando alguma surpresa de oés-sudoeste. Você quer me dizer alguma coisa?, ele me perguntou depois. Será mesmo preciso tratá-los como alunos problema? No que se refere ao trato com a natureza, acredito que todo ser humano seja problemático, respondeu o coordenador da expedição, que agora está em um quarto de hospital em Buenos Aires e deve estar estudando suas revistas de iatismo com a mesma atenção que a dos jornalistas que se postaram em semicírculo à minha volta e agora se apresentam, um a um. Isso me dá a oportunidade de separar o joio do trigo, de distinguir os sensatos dos indômitos. Meus julgamentos são muito rápidos, instintivos. Como o conceito romano de presunção de inocência conseguiu se impor em uma civilização imbuída da ideia do pecado original? A louraça de Hamburgo não vai causar problemas, está com o namorado, para ela é uma mistura de férias e trabalho e certamente ela evitará qualquer coisa que chame a atenção. O olho do *cameraman* colombiano denuncia uma insolência facilmente inflamável, já o repórter irradia uma indolência grande, será incapaz de se dar ao trabalho de uma provocação. O nervosismo da jovem norte-americana é palpável e, ao mesmo tempo, impõe distância. Meu nome é Mary, diz ela, sou da revista *Mother Jones* e não aceito nenhuma brincadeira. Olho para o grupo, curioso com a insinuação, mas ninguém consegue descobrir qual seria a suposta brincadeira. Tenho certeza de que o *cameraman* musculoso, que não deve tirar o sorriso dos lábios nem na hora de ir dormir, vai tentar uma brincadeira sem graça ao sair da sala. O último é um cara de terno que se apresenta como relações-públicas de Dan Quentin, fazendo seguir uma pausa considerável, provavelmente para os olhares de admiração. Para minha surpresa, eles acontecem mesmo, provavelmente eu sou o único para quem esse nome não quer dizer nada. Ele avisa que precisa de uma conversa em particular comigo e que o comandante com certeza já me instruiu a esse respeito. Pelo jeito, o homem é pago para se colocar em uma posição privilegiada pela seleção correta de palavras. Não, respondo, o comandante e eu ainda não tivemos tempo de conversar sobre Dan Quentin, certamente não faltará oportunidade, neste momento, no entanto, precisamos falar sobre algumas coisas fundamentais. Para os jornalistas valem as mesmas regras que para os demais passageiros a bordo. Jamais saiam dos caminhos marcados com bandeiras vemelhas, não arranquem nada, não joguem nada fora, nem sequer um pedacinho de papel. Guardem sempre uma distância de cinco metros dos animais, inclusive dos pinguins, e estejam certos de que já ouvimos mais de uma vez a desculpa de que os pinguins infelizmente não conhecem essa regra. Vocês, como todos os demais passageiros, podem permanecer no máximo duas horas em terra firme. Não tentem ficar mais tempo do que isso. Quem não seguir essas instruções será deixado para trás, pode então ficar famoso no mundo todo com uma reportagem sobre um solitário inverno. Mal termino de pronunciar essas palavras, já começo a duvidar se o meu procedimento realmente é melhor do que o do meu antecessor. Pergunto se todos me entenderam, isso é necessário, pois quando se conversa numa segunda ou numa terceira língua, sempre existe o perigo do mal-entendido. O assessor de Dan Quentin mordisca seus óculos de sol, Mary anota tudo, o repórter colombiano pede que o *cameraman* traduza a última parte da minha fala (mas não é ele que devia falar inglês?). Mais alguma pergunta?

Nenhuma, pois a grande atração acaba de passar flutuando. Ah, sim, o primeiro iceberg, tento minimizar, daqui a duas semanas, os senhores terão visto tantos icebergs que nem virarão mais a cabeça quando um deles aparecer. Como era de esperar, mal digo as últimas palavras, o assessor vem correndo, fala comigo ainda antes de parar na minha frente, como se eu fosse uma máquina de escrever na qual escreve uma carta de advertência. Quer que eu vá conversar imediatamente com o comandante, afinal, trata-se de um projeto grandioso, sem subestimar o desafio logístico, muito menos a visão artística, totalmente na vanguarda, a Antártida, o projeto central da humanidade, Dan Quentin irá marcar um momento histórico, içar uma bandeira emocional com visibilidade global, criar um símbolo para a ameaça, cunhar uma moeda visual original. Amanhã, depois do café, voltará a falar comigo, está ansioso pela cooperação. Enquanto isso, Mary ficou nos bastidores, de onde sai agora para me perguntar, tímida, se poderá me entrevistar em um momento livre. Agradecido, concordo. Meus alunos não sabiam definir a vegetação original que existia ao longo dos riachos nos Alpes, nem se sentiam constrangidos pela sua ignorância, como se tivessem o direito de esquecer biomas exterminados. No último dia da nossa estadia na geleira, já no alto verão, eu lhes pedi durante o café da manhã que aprontassem suas mochilas antes de subirmos pela última vez e dei uma nota de cem xelins ao dono da pousada Zum Kogl para que ele deixasse nossas bagagens na estação em um determinado horário. Depois de terminada nossa última excursão pela geleira, sugeri aos estudantes que fizéssemos a primeira parte da viagem de volta a pé. Por quê?, perguntaram. Porque só assim podemos ler a paisagem, respondi. Alguns reclamaram um pouco, mas nenhum deles ousou ficar na parada do ônibus — é notável o efeito disciplinador de uma nota ainda por ser dada. Dirigimos o nosso olhar para baixo. Lá de cima é possível ver nitidamente a ação do homem e perceber o que fizemos com a natureza. Não foi uma descoberta, nem mesmo para estudantes condicionados pela urbanidade. Mas eu queria que passassem ao menos uma tarde se conscientizando do que ocorrera com biomas antigos, dos rios cujos cursos haviam sido alterados, medidas educativas da nossa civilização. Numa saliência, a partir da qual o vale parecia um fichário aberto a nossos pés, fiz uma breve palestra sobre os biomas antigos, que pareciam terra sem valor para as pessoas, estranhos a serem domados numa ordem antropométrica, e como o olhar atual vê terras secas, para cultivo, com plantações de maçãs. Primeiro, fez-se a faxina na natureza para depois racionalizar o cultivo. Entre centenas de variedades de maçã, algumas poucas correspondiam às normas, especificadas de tal maneira que as espécies selvagens eram reprovadas. A química se encarregava de sabor e cor. Nós comprimimos a diversidade da natureza com muito sucesso atrás das grades da nossa ignorância. Fechei minha fala extemporânea contando o caso de um dos pequenos agricultores desse vale que, há alguns anos, não conseguiu vender a colheita mais saborosa da sua vida porque o tamanho e o formato das frutas não correspondiam às normas ditadas pelos supermercados. Assim, ele ficou sentado numa montanha de maçãs que iam apodrecendo, teria preferido dar todas as frutas, se tivessem passado crianças em número suficiente. Quando, pouco depois, paramos para fazer um lanche, alguns dos estudantes tiraram das suas mochilas suas maçãs brilhantes e polidas do tipo Granny Smith, fitaram suas frutas normatizadas e se entreolharam, constrangidos. Ao dar a primeira mordida e mastigar, questionaram-se, quem sabe, sobre como deve ser o sabor de uma verdadeira maçã. Num ou noutro, essa questão poderia se transformar em uma espécie de nostalgia — esperar mais do que isso seria muita ousadia.

* * *

O pianista me espera, impaciente. Costuma fingir que minha presença o incomoda, mas quando eu me atraso ele fica preocupado, e, se o deixo esperando muito tempo, pergunta a Erman, o barman, sobre meu paradeiro. Depois do jantar, digerimos o dia, juntos. Eu sou seu GPS discursivo, ele pode definir suas próprias coordenadas em relação à minha posição. Você sente orgulho patriótico estando aqui, nas ilhas Falkland? Ele não aceita a provocação. As únicas mulheres bonitas nessas ilhas esquecidas por Deus, retruca, são as tailandesas da loja de suvenir. O pianista não desperdiçou com turistas os trinta anos que passou a bordo de cruzeiros, sempre explorou as variações locais de feminilidade, as mulheres de terras estranhas são, para ele, a última selva na Terra (quando estamos a sós, ele diz coisas que fariam Mrs. Morgenthau fungar com indignação). Como todos os conhecedores, ele gosta do que é raro, incomum, fora de série. Se um dia resolver se aposentar — coisa da qual eu duvido, pois apesar do seu chauvinismo cultivado diariamente ele tem medo de voltar para a província inglesa —, com certeza ficará em seu boteco predileto servindo sua vasta experiência no ramo da filoginia com a retórica do homem viajado. Por falar nisso, digo, a praia continua cheia de minas. Ele ergue o seu copo de gim-tônica, gira o porta-copos com a mão esquerda e volta a pousar o copo. Parece bem-humorado, com alguma bala na agulha com a qual quer me provocar, mal se aguenta. Fecho os olhos. Tilintar de vidros atrás de mim. Vozes enchem os copos, os copos derramam, as vozes enxaguam os copos, no fundo do meu estômago, uma onda ácida se move. Quando volto a abrir os olhos, o pianista se inclina para a frente e diz em tom conspiratório:

— Se você imaginasse tudo o que jaz aqui no fundo do mar...

— Ouro? — tento adivinhar, meio a contragosto. — Torpedos? Vermes gigantes?

— Nada disso. Navios naufragados, navios imensos. Com um monte de conterrâneos.

— Conterrâneos de quem?

— Seus.

Ele se reclina.

— Suponho que eles jazem ali já há algum tempo?

— Desde a Primeira Guerra Mundial.

— Isso não interessa, ninguém se lembra da Primeira Guerra, estamos interessados em defuntos mais recentes.

O pianista concorda, como se essa réplica fosse tão previsível como o próximo lance em uma jogada clássica de xadrez.

— O nome do almirante Graf von Spee te diz alguma coisa?

— Não, nada... Espera, von Spee... von Spee? Nos meus tempos de estudante, eu morei perto de uma praça Graf Spee.

— Certamente era o mesmo, um almirante importante.

— Mas ele também usa a partícula “von”?

— Não faz a menor diferença. De qualquer maneira, é um dos seus heróis.

— Em que consistiram suas façanhas?

— Atravessou dois oceanos e estacionou sua frota em Stanley. Estava disposto a cortar o fornecimento de carvão da armada britânica, apesar de saber que suas forças eram irremediavelmente inferiores.

A voz do pianista parece um zumbido, ele poderia tirar as mãos do volante, estamos indo ladeira abaixo, ligeiros, rumo a um objetivo.

— Stanley estava muito bem protegida por dois cruzadores de batalha, um se chamava *Her Majesty's Ship Invincible* e o outro, *Her Majesty's Ship Inflexible*...

— Um gesto correto da parte de vocês, o de alertar o almirante Graf von Spee de maneira tão explícita.

— Sim, foi um gesto correto, mas não adiantou nada. O almirante ignorou o alerta e acabou afundando naqueles mares com dois de seus filhos e dois mil homens.

— Um túmulo gelado. E qual é a moral da história?

— Em se tratando de um geólogo, você é surpreendentemente impaciente. Antes da batalha, a esquadra ainda aportou no Chile, isso custou tempo, perderam o momento da surpresa, mas o almirante ainda insistiu em condecorar trezentos de seus marujos com a Cruz de Ferro.

— Você está querendo dizer que no fundo do mar das ilhas Falkland há trezentas Cruzes de Ferro?

— Você captou a ideia.

— Que loucura!

— Nada disso, tudo muito sensato, o almirante prudente previu o afundamento e não queria que seus homens se afogassem sem uma condecoração.

O pianista estendeu o braço na cadeira estofada em carmesim e me lançou um olhar de satisfação. Ele tem um talento admirável para encenar o seu bem-estar, estalando os lábios e passando o dedo indicador no copo quase vazio de gim-tônica.

— Condecorações no fundo do mar, minas na praia, confesso que subestimei a sua ilha.

— Da próxima vez, deveríamos fazer um passeio juntos.

— Tudo bem. Mas só se hoje você realizar um desejo musical meu.

— Sinto muito, infelizmente não sei tocar nenhuma marcha fúnebre alemã.

— Eu jamais te estressaria dessa maneira. Penso em algo mais ligeiro, que você pudesse tocar com a mão esquerda enquanto desabotoa um vestidinho de verão com a direita.

— *Now your talking.*

— Em honra ao almirante Graf von Spee, em honra aos pinguins na praia, eu queria um hino, o único hino que poderia bastar a este instante.

— Ah, lá vem a capitulação.

— Por favor, toque *Rule, Britannia! Britannia, rule the waves.*

Pelo menos uma vez em cada viagem surge o assunto dos cem nomes que os inuítes têm para neve e gelo.

É verdade, digo eu, os inuítes têm uma palavra para banquisa de gelo, gelo panqueca, gelo quebradiço, lama de gelo e, a massa de gelo também chamada campo de gelo, gelo eterno, iceberg tabular, era do gelo (os ingleses ainda têm *growlers* e *bergy bits*). Mas não tenho tanta certeza se eles conhecem uma palavra para o inseto que vive em geleiras.

4.

Como um elefante numa loja de porcelana, as coisas nunca são tão ruins quanto parecem, entramos numa fria, pode esquecer, não há lei abaixo do paralelo 40 S, aproveitem enquanto durarem os estoques, o assunto está longe de esgotado. Delta Ômega, Delta Ômega, Delta Ômega, aqui Foxtrott dois, mensagem, câmbio. Aqui Delta Ômega, enviar, câmbio. Volto de avião do estreito de Gerlache, câmbio. O que foi?, câmbio. Dan Quentin, câmbio. Dan quem?, câmbio. Você pode tirar mais proveito, ninguém questiona, o guru escolheu a solidão e a tranquilidade das montanhas, Charly, nem ligamos para a sua bunda, não tenho olhos nas costas, hehehe, você não viu nada, na primavera, no verão, no outono ele vivia na selva, o céu era o seu teto. Quentin, esse cara vai bem de negócios, é o novo Christo, câmbio. Roger, nunca ouvi falar nesse tal de Dan Quentin, o que ele tem a ver com Jesus Cristo?, câmbio. Não é Jesus, é Christo, *The Umbrellas*, *Valley Curtain*, *Running Fence*, câmbio. Não tenho a menor ideia, câmbio. Ele embrulha a natureza para dar visibilidade, câmbio. Velho truque de putas, câmbio. Arte com gente, câmbio. Acabar com isso, com todas essas SUVs, tocar fogo nelas, não mencione isso de jeito algum em sua conversa de apresentação, uma explosão e em seguida o carro estará em chamas, no inverno ele se escondia numa caverna que o protegia do gelo e da neve, não há governo abaixo do paralelo 50 S, ele se recusava a comer o que era semeado e colhido por mãos humanas. Por exemplo?, câmbio. "FAQ" no Vale do Silício, "QED" em Burj Khalifa, câmbio. Os pelados no Hyde Park?, câmbio. Não, esse foi outro, câmbio. O que ele está procurando na Antártida?, câmbio. SOS no gelo, câmbio. Ele colhia os frutos silvestres, ervas da floresta e raízes, não há Deus abaixo do paralelo 60 S, nós nos safamos, ele só alimentava o seu corpo com o estritamente necessário para sobreviver. Os passageiros do *Hansen* formaram um SOS vermelho, câmbio. Voluntariamente?, câmbio. Sim, por volta de cem Pax por letra. Um espetáculo, isso sim, câmbio final. Roger, câmbio final. Aqui você recebe o que quiser. BREAKING NEWS: *MS HANSEN* SEQUESTRADO NA ANTÁRTIDA BREAKING NEWS: *MS HANSEN* SEQUESTRADO NA ANTÁRTIDA e isso me traz um

v. S 53°11'8" W 45°22'4"

No meio da tempestade, tormenta pesada, resisto firme no convés, vento e maresia chicoteando o rosto, exposto por um breve período de tempo às privações de épocas passadas, num navio de cruzeiro que dança nas ondas, o passageiro perde o fôlego com o vento na cara, está entregue, desprotegido, não importa com quantas camadas de material de alta qualidade tenha se coberto, depois de alguns poucos minutos já fica enregelado, basta entrar na sala aquecida onde se pode apreciar as forças da natureza através do vidro, como se fosse um documentário premiado. Praticamente todos os passageiros escolhem essa visão mais confortável, da primeira fila. Solitário, debruço-me no parapeito da proa, a maresia cuspindo no meu rosto, finco as unhas na madeira, o vento chicoteia minhas faces, tem todo direito de me punir pelo meu conforto, pelo nosso pecado mortal civilizatório que renega o princípio da vida, pois só pode sobreviver quem almeja ascender por um vetor energético. Aves marinhas passam dançando pelas rajadas, o êxtase de seus rasantes subindo e despencando é a expressão da minha nostalgia, balanço ao vento como se também me fosse possível dançar, os motores roncam na bocarra da tormenta ganindo, sou ridículo, eu me impressiono com o óbvio. Impossível interpretar o voo das aves, diz El Albatrós, impossível compreendê-lo. A visão embaçada deixa entrever o vulto de um objeto imenso, é um iceberg que se aproxima, maior do que o nosso navio, a superfície chata, como se tivesse sido aplainada com uma faca, como se uma província inteira tivesse sido separada da plataforma de gelo, fadada a girar em torno do polo Sul ou a flutuar rumo ao norte e, ao derreter, emitir o ar mais puro para o hemisfério, soltar a água mais limpa para o oceano, carregada de forças terapêuticas que fazem crescer o plâncton vegetal e o plâncton animal que alimenta o krill, pequenos crustáceos que alimentam aves e baleias (desde que nasci, diz Beate, a população de krill encolheu em quatro quintos, isso é indiscutível). Nas laterais, o iceberg tem aberturas ovaladas, imensas vulvas azuladas em seu interior. Cantos de sereia derretendo. Inesperadamente, o sol irrompe atrás de uma cortina de neblina, um parâmetro da finitude. O brilho se mantém pelo tempo de duração de algumas ondas, antes de voltar a desaparecer e a tormenta continuar vociferando à meia-luz.

O silêncio? Uma mercadoria tão rara que é muito bem vendida no mercado, protegida em zonas de preservação, em reservas. Esses nichos estão encolhendo, o pulso do tempo ruge por toda parte no compasso de quatro por quatro. Há alguns anos, logo depois de os sinos da igreja terem anunciado a hora cheia, no final da tarde, eu não quis sair de casa para ir a um restaurante, já antevendo a insuportável cascata de ruídos que seria despejada sobre os pratos. Quer dizer que você também não quer mais ir ao médico por causa dos alto-falantes na antessala disseminando a programação do rádio?, perguntou Helene, com desdém. E o consultório do dentista com seus sons budistas e esféricos? Em seguida, pescou a chave do carro no potinho de cerâmica e saiu em arrancada rumo à casa da irmã, que gostava de mim porque não tinha paciência para as infindáveis reclamações de Helene. Eu sentei numa cadeira no corredor, fechei os olhos e passei um bom tempo naquela posição. Como entender que "silêncio" e "quietude" se transformaram em palavrões? Até nas trilhas do mato, escuto os sons dos junkies que não suportam mais o som da natureza. Se pelo menos escutassem a própria voz, mas não, empastelam tudo com uma camada compacta de ruído. Admito também já ter usado fones de ouvido ocasionalmente no trem, a caminho da universidade, os sons de Tallis encobrindo a feiura dos prédios ao longo do trajeto, mas seria impensável escutar Tallis na floresta, nas montanhas ou na presença de pessoas que eu conheço.

A bordo do *Hansen* não existe nenhum sistema de sonorização (ao contrário de outros navios em outras latitudes, como relata Paulina, há casos em que os jingles gritam e as fanfarras ressoam); há pouco tempo fizeram um festival de rock na ilha King George, as paredes das geleiras irão ruir como os muros de Jericó. Na nossa cabine, só se escuta a suave cantilena de Paulina (ao contrário de muitos de seus conterrâneos, ela não fica pendurada nos lábios dos apresentadores), alterna sucessos dos anos 70 com cantigas populares filipinas, enfeitiçou-me com sua cantoria na última noite da minha primeira viagem, antes disso nem tinha reparado nela, sua polidez discreta enfileirada na polidez confeccionada de todos os outros filipinos, no concerto de despedida — os passageiros fazem o favor à tripulação de se deixar divertir —, ela estava como que transformada em cantora de bar, um feixe de energia iluminado, as pernas cruzadas, sedutora, a sandália presa na ponta de seu pé direito apenas por um lacinho prateado, enquanto cantava os sucessos antigos acompanhada de um violão, com uma intensidade que me fez puxar uma cortina entre nós dois e o mundo, minha fantasia febril me deixou constrangido quando, pouco depois, nos encontramos lado a lado na cantina, certamente ela percebeu que eu a olhava com outro olhar, meu desejo permeado por uma boa dose de insegurança, minha língua o meu melhor inimigo, mas, apesar disso, poucas horas depois ela estava deitada ao meu lado, como agora, a cabeça encostada no meu ombro e uma mão no meu peito, e como tantas vezes nos dias em mar aberto em que podemos usufruir de uma ou outra horinha de folga, ela me pede que leia alguma coisa para ela. Gosto de atender a esse pedido, percebo-o como gesto de confiança. Leio para ela um trecho dos relatos dos chamados descobridores porque ela tem muita pena do sofrimento dos pioneiros enquanto eu, com minha ira, não percebo nada mais do que a cobiça com que aqueles aventureiros tentaram se apoderar da Antártida, como se fosse uma virgem prometida depois da primeira noite por todas as demais noites, razão pela qual desprezam qualquer concorrente como um desafeto, ao mesmo tempo tentando ocultar sua concupiscência para não colocar em perigo a sua reputação de cavalheiros autênticos. Isso é coisa da tua imaginação, diz Paulina depois de uma pausa que ela pede de vez em quando para entrar mais na história, é porque você está lendo, a tua raiva entranha nas palavras deles, afinal, você é parecido com esses homens, você quer decidir sobre a Antártida. Sim, digo, com a voz mostrando irritação, não quero pessoas nem petróleo derramado na Antártida, mas não quero tomar posse dela, eis a diferença, nenhuma parte dela portará o meu nome, quero que a deixem em paz, mais nada. Paulina faz uma careta, *às vezes você é tão ruidoso*, ela nem parece desprotegida quando me desafia assim, quando me provoca com frases simples que fazem as minhas réplicas parecerem tão presunçosas, isso aumenta a minha raiva, não conseguir explicar, nem mesmo para ela, o que eu sinto e temo e desprezo se torna palpável, nossa decadência tão sofisticada, por que é tão difícil para mim explicar o óbvio àqueles que não o conseguem ver? Vejam essa foto, os senhores enxergam uma bela jovem ou uma velha enrugada? E depois de enxergar a velha enrugada, seriam capazes de perceber a bela jovem? Eu me viro e desencosto de Paulina, presunçoso na minha ira como um elefante-marinho em seu buraco de lama, até me acalmar novamente, *my Paulina*, sussurro, culpado, você é tão incompreensível para mim como o mundo, e ela sorri, provavelmente porque a chamei de "minha Paulina", mantém o sorriso, um tiquinho só de felicidade dura bastante, ela é econômica com todas as bênçãos, outros precisam diariamente de doses novas. Não consigo imaginar uma briga se instalando entre nós no exíguo espaço da cabine, intuitivamente ela sabe como me apaziguar, a primeira vez aconteceu de forma inesperada, ela colocou a minha raiva na boca e a esfriou, fazendo com que ambos emudecêssemos. Depois, acariciei a sua barriguinha e disse: *This makes you complete*, e ela retrucou: *You make me complete*, uma frase que eu jamais teria deixado passar se ela não irrompesse em risada, uma risada contínua, enquanto a sua barriga estremecia, excitando-me, ela tira o livro das minhas mãos e o deixa no mesmo lugar em que, pouco depois, eu jogo a sua calcinha, eu lhe perdoo cada frase, e, para não falar mais nada de errado, emudeço com a língua laboriosa, minhas mãos em seus seios, e mesmo se o balanço do navio quase me joga no chão, minha língua continua girando, para atiçar seu desejo, para que se conserve para mim, a sequência de ondulações condiciona o ritmo, e eu imagino que ela é salgada. Será que algum dia nós poderemos nos entender? é o que passa pelos meus pensamentos interrompidos por gemidos. Ela só quer que simplesmente sejamos o que somos, e eu busco uma libertação dentro de um silêncio mais genuíno.

* * *

No verão antes da morte da minha geleira, empacotamos e desempacotamos tudo o que era nosso. As férias se passaram e, com elas, o meu prazer em estar em casa. Alguns casais engravidam para salvar a relação, nós mudávamos de casa. De Fürstenried para Solln, de um apartamento para uma casinha de vila. A ideia era que Helene arrumasse tudo enquanto eu ficasse por mais alguns dias supervisionando os trabalhos dos meus alunos de medições nas montanhas. Era um animado grupo de colegas que se estimulavam e encorajavam: voltei para casa muito bem-humorado. Sem imaginar nada de ruim, encontrei na escadaria o aposentado baixinho do primeiro andar com seu olhar antipático, abri a porta e bati o ombro contra a madeira, a porta estava emperrada, tive que usar todo o peso do meu corpo para conseguir entrar. Uma dúzia de caixas de mudança tinha caído contra a porta, algumas haviam escorregado no chão, derrubando as botas de borracha caídas entre uma esteira meio desenrolada e um chapéu mexicano rasgado. Helene tirara tudo o que era dela, sem arrumar nada, desaparecendo em seguida. Entrei cuidadosamente, pé ante pé em meio a novelos de lã e gravuras emolduradas tiradas das paredes, as paredes agora tão peladas quanto na minha infância (antes de vovó nos deixar suas naturezas-mortas de herança) e o cômodo tão cheio e bagunçado quanto o meu quarto nas férias de verão, quando eu tirava todos os meus jogos das caixas, distribuindo todas as figuras, as cartas, os jetons e os dados pelo chão e brincando de acordo com regras que eu próprio estabelecia, no tapete, na mesa, na cama, uma brincadeira que, em homenagem ao inventor, eu batizara de "Olimpíada de Zeno", antes de começar eu costumava gritar no corredor: "Por favor, não entrem no meu quarto", Helene poderia pelo menos ter deixado um bilhete na porta, "Por favor, não entre no apartamento". No corredor havia caixas abertas, uma ao lado da outra, seu conteúdo invisível por baixo de jornais amassados, os velhos casacos pendurados como galhos de um velho salgueiro-chorão, pilhas e pilhas sobre a mesinha, papéis fora de ordem, entre eles edições antigas da revista de moda *Burda* (ainda que Helene nunca costurasse nada, todos os moldes eram zelosamente guardados, como se fossem padrões para modos de vida divergentes), a revista que ficava por cima era de um dos últimos anos da década de 1970, a modelo na capa com a imponente permanente dos cabelos de Helene, ao folheá-la, meu olhar caiu sobre uma página em que um pedaço do tamanho de um postal fora recortado. Será que um dia Helene jogaria fora todas aquelas revistas? Será que ela se separaria de sua coleção de recortes guardada em grandes pastas, do seu catálogo de supostas necessidades que ela abria em momentos de mau humor para analisar presentes criativos, viagens dos sonhos e produtos antienvelhecimento, para ajustar a posteriori as suas metas de vida quando elas se diluíam na rotina, ela sempre costumava fechar a pasta com um suspiro de ah!, se pudéssemos!, até sermos alçados a essa condição pelo salário de professor-docente. Atravessamos nossa primeira viagem de sonhos cheios de picadas de mosquito e com o estômago embrulhado, claro, bem feito, é o barato que sai caro, explica Helene (para evitar brigas, eu deixo de perguntar o que era barato naquelas férias mais caras da nossa vida), a partir de então ela passou a selecionar apenas ofertas em que o preço e a exclusividade eliminassem qualquer risco de decepção, já não eram mais simples recortes, eram catálogos parcialmente laminados com papel fosco, mais caros do que aqueles livros de fotografia dos Alpes, ao lado das revistas *Burda*, antiquados como a nostalgia que um dia já carregaram. Helene virara a nossa vida do avesso, em cada quarto as arcas os guarda-roupas as cômodas as prateleiras tinham sido esvaziados e todos os objetos ainda não acondicionados em caixas haviam virado instalações em homenagem ao supérfluo. Parecia que ela era a curadora do nosso acervo, hoje em dia cada um vive em seu museu particular. Havia muitos objetos cuja existência eu esquecera: a faca elétrica, a máquina de fatiar pão, a iogurteira, cera para polir sapatos até a eternidade, incontáveis óculos de sol, cintos, bolsas, eu não reparara quantos blazers Helene adquirira ao longo dos anos, porque cada nova oportunidade exigia um novo blazer, estavam espalhados pela cama, tantos que formaram uma pequena elevação, como um túmulo pré-histórico. No bufê da sala de jantar estava exposta a coleção de porcelanas de Delft da avó de Helene (tradição é o que se herda), alguns azulejos já embrulhados em toalhas. Em uma poltrona estavam todos os blocos de notas e canetas juntadas em diversos hotéis de conferência, em uma das cadeiras, meus roteiros de caminhadas (lembranças levemente onduladas da mais constante de nossas paixões comuns), o chão sob a mesa coberto de recibos jamais jogados fora, mesmo depois do prazo da garantia. Como pudemos chegar a esse ponto — um quarto cheio de blazers, um banheiro cheio de potes de cremes contra celulite, uma cozinha cheia de tupperware, uma sala cheia de pedrinhas, conchas, vasos, copos de mercados e festas de vinho, canecas ("lembrança de Oberammergau") ao lado de tigelas mexicanas e até um galo português que eu fora obrigado a aceitar com a lenda do frango que começou a cantar no prato de um juiz a fim de atestar a inocência do condenado; como podíamos ter chegado ao ponto em que nossos pertences nos expulsavam de casa? Sem falar no porão, recalcado como um trauma, pelo que eu conseguia lembrar, haveríamos de encontrar a árvore de Natal, bolas, fitas prateadas e maçãs para colocar na árvore de Natal, incontáveis tapetes feitos à mão, sapatos de três décadas, no porão havia fitas cassete e videocassetes e fichários e programas de peças e concertos. Era fundamental evitar o porão. Não havia lugar para eu me sentar, toda cadeira estava carregada com as nossas posses, a grande poltrona repleta de exemplares fracassados de pintura em seda, macramê e origami. Sentei-me numa torre aparentemente estável de catálogos da Alten Neuen Pinakothek der Moderne, sem saber o que fazer, meus pés não tocavam o chão, pela primeira vez na vida fiquei com medo de ser enterrado vivo. Quando o telefone tocou (só podia ser Helene para explicar por que saíra tão de repente e para avisar quando pretendia voltar), olhei para um pequeno vidro de geleia com a etiqueta em sua caligrafia tortuosa: "GELEIA DE MORANGO COM AMARETTO (1989)".

Não que o comandante seja controlador, mas, quando resolve fazer alguma coisa, tudo precisa ser do jeito dele, o que não é muito fácil, porque ele ignora detalhes e fala de um jeito tão conciso, como se precisasse racionar as palavras. Ele nasceu em uma aldeia próxima a Friesoythe, isso explica muita coisa, segundo os que conhecem o norte. Lá, dizem, as pessoas começam uma frase de manhã cedo e a terminam à noite, não posso julgar, só estive uma única vez a trabalho em Bremerhaven e outra vez, por motivos particulares, em Sankt Peter-Ording, para mim, o norte é outro país. Depois que passamos incólumes pela experiência de uma Alemanha dividida verticalmente, eu pessoalmente não teria nada contra dividir a Alemanha ao meio em algum paralelo. Estou com um probleminha, diz o comandante depois de um "bom-dia" quase inaudível, quase como uma onomatopeia para mau humor.

— O senhor se refere a Dan Quentin?

— Não me sinto à vontade.

— Compreendo.
— A companhia de navegação gostou.
— É a sedução da fama.
— Não o conhecemos.
— Em compensação, conhecemos o seu relações-públicas...
— Ele é estressante?
— Sim, digamos que seja isso. Talvez relaxe quando o chefe subir a bordo. Quando é que Quentin chega?
— Vai embarcar na ilha King George, vai até lá de avião.
— Quem busca grandes façanhas tem pouco tempo – afirmo com uma entonação exageradamente anasalada, mas o comandante é imune a qualquer tipo de ironia. Está sempre olhando por cima do ombro de seu interlocutor para longe, onde tarefas mais urgentes parecem estar à sua espera.
— Ele deve receber toda ajuda de que precisar.
— E Deus o recompensará.
— Isso resolve o seu problema?
— Está esperando alguma complicação?
— Há muita gente envolvida.
— Podemos limitar o círculo das pessoas envolvidas.
— Ele quer o maior SOS possível.
— Sim, mas para isso ele depende dos nossos passageiros.
— O maior SOS da história.
— Imagino que ele esteja informado das nossas restrições?
— Vamos fazer vista grossa.
— Vamos mesmo?
— Se alguém perguntar, tudo não passou de um treinamento de segurança.
— Os passageiros precisam estar de acordo.
— Esse é o seu dever.
— Amanhã lhes apresentarei a ação do Mr. Quentin.
— Falaremos sobre o restante mais tarde.

* * *

Depois que Helene saiu de casa, depois que a mudança para a nossa casa em Solln se revelou um fracasso de terapia de casal, os quadros nas paredes se tornaram reminiscências estranhas. Observando-os, era como se eu olhasse pela janela para qualquer outra vida protegida no prédio do outro lado da rua. Depois, tirei-os das paredes, um depois do outro, enquanto esvaziava as garrafas de vinho tinto que o pai de Helene deixara para mim. Bondoso, o homem armazenara coisas gostosas que um dia ajudariam o genro a superar a separação da sua filha. Os quadros tinham deixado marcas nas paredes, marcas irritantes. Por que será que tudo o que fazemos deixa marcas (demora cem anos para a marca de um pé desaparecer na Antártida), por que não podemos flutuar pelos ares sem deixar rastros, como os pássaros? Eu não queria pintar as paredes, não sabia quanto tempo ainda precisaria ficar entre elas. Comprei um bloco de desenho e aquarela no centro. Comecei a desenhar as letras do alfabeto, uma a uma, em folhas do tamanho A3, depois de muito pensar sobre que cor utilizar. No caso do A, decidi usar um amarelo-escuro como um velho Riesling. A letra Z, em compensação, ganhou um vermelho de um velho vinho da Borgonha, o O era de um cinza tão suave que só poderia ser reconhecido aproximando a folha dos olhos. Todos os dias eu pintava uma letra. E a pregava com tachinhas na parede logo depois de secar. Quando o alfabeto completo decorou minhas paredes, comecei a me sentir melhor naquela casa que eu jamais chamaria de "minha casa". As letras me permitiram acreditar em um recomeço, as letras, assim, fora de contexto, acendiam em mim o desejo de ler. No Ladakh, ouvi falar de um homem que se limitou a ler um único livro. Quem quisesse escutá-lo precisava ir à casa de um comerciante de sândalo, perto do rio Indo, uma casa de madeira construída sobre uma base de pedra, para escutar a leitura de uma única estrofe daquele único livro, seguido por um passeio pelas nuanças de sua significação. Fiquei com vontade de repetir esse procedimento. Tirei um livro qualquer da estante, da prateleira dedicada aos pensadores antigos, decorada à moda antiga. Comecei a ler o livro, linha por linha, um parágrafo depois do outro, tão concentradamente quanto o professor do Ladakh, tomei três goles e deixei-o de lado, estiquei as pernas um pouco, ao voltar, anotei o que havia ficado na minha memória. Aos poucos, tudo o que era fugidio evaporou, a reserva de vinho tinto acabou, assim continuei bebericando até saber o livro praticamente de cor. Segundo meus companheiros do Ladakh, demora vinte anos até a pessoa que faz esse tipo de jejum de palavras completar a travessia do livro inteiro antes de voltar ao início, já com novos discípulos. Apesar de todo o meu respeito diante desse procedimento, havia qualquer coisa que me irritava, algo que não fazia sentido para mim. Como um livro pode ser sagrado se você não o reescreve para si próprio? Dá para imaginar que duas pessoas queiram dizer exatamente a mesma coisa quando falam de "Deus" ou de amor? Primeiro, sublinhei palavras ou frases isoladas, duas vezes, três vezes, depois as circulei, aproveitando as apertadas entrelinhas para acréscimos, até descobrir que não havia a menor razão para abrir mão de coisas periféricas. Só deixei o livro de lado quando estava totalmente rabiscado. Depois, comprei aquele caderninho de anotações com capa de couro. Recusei a proposta do vendedor de gravar o meu nome na capa.

E, ao fim de um longo dia em mar aberto, quando a escuridão enegrece tudo, quando as estrelas empalidecem, quando o vento para de soprar, nosso navio flutua rumo à plenitude última. Na Terra, só existe uma *Terra nullius*, e estamos tomando esse rumo, e “Enquanto a noite inteira, em bruma alva e ligeira”, a língua se retrai diante do milagre, o silêncio nos espera atrás da névoa como “luzia o alvo luar”.

5.

Liguem para nós, as três primeiras ligações ganham um boquete, não sou um fanfarrão, isso é óbvio, Charly, não comece ainda, me espera, Calcutá fica às margens do Ganges, a jarra vai à fonte até quebrar, mas você não tem o que dar, Charly, espera, não é só teu, saqueiem enquanto durarem os estoques. As buscas serão iniciadas imediatamente, você precisa voar para lá, coma enquanto abastecem o avião, não é mais um Fotoshoot, é uma emergência. Paris fica às margens do Sena, isso que dá quando você adia a reforma, a estrada está fechada devido a obras, por favor, pegue o desvio, os petroleiros andam em mar aberto até se romper, que eu amo tanto quanto nenhum outro, pode olhar para essas pernas, onde há um burguês, o banqueiro-ladrão não pode estar longe, então trabalhou trinta anos, economizando cada centavo, nunca tirou férias, e agora isso, lmao, tem alguma ideia quanto depende disso? Uma emergência com complicações internacionais, todos os navios das redondezas, trata-se do *Urd*, do *Werdandi* e do *Skuld*, vamos rumo ao estreito de Gerlache para salvar os passageiros, temos que estar preparados para tudo. Quer que lhe diga qual é o problema dos nativos: são excessivamente comedidos, temos que infectá-los com a nossa cobiça, caso contrário nunca haverá paz entre eles e nós, quando nos sentíamos seguros, tínhamos a supremacia. O primeiro navio deveria chegar dentro de cerca de duas horas, o comandante do *Urd* assumiu o comando, não existe água mais fria. Um navio chegará, você devia entender, não se pode confiar na meteorologia, nem no clima de negócios, a cada trinta e seis horas vem uma depressão, e apaziguar o meu desejo, em um único dia vivenciamos todas as quatro estações do ano, o desejo de tantas noites, BREAKING NEWS: ESPERANÇA PARA SOBREVIVENTES BREAKING NEWS: ESPERANÇA PARA SOBREVIVENTES nunca mais

VI. S 54°16'8" W 36°30'5"

É um daqueles dias em que as nuvens se confundem com as montanhas e as montanhas com as nuvens. Os Alpes se elevam em meio ao oceano. Quando a cortina de nuvens abre, dá para entrever geleiras e rochas, e entre elas pastos com renas, desde que foram introduzidas por noruegueses nostálgicos. Árvores nunca fincaram raízes por aqui. Na baía, o mar fica verde, rico em oxigênio e krill. A criação desabrocha com uma clareza insuspeitada, como se todos nós tivéssemos nos submetido a uma operação de catarata da noite para o dia. Estamos nos aproximando de Grytviken, uma antiga estação de caça de baleias, abandonada de um dia para o outro e que agora está se deteriorando e apodrecendo. Os passageiros flanam do cemitério até o abatedouro, e de lá até o lamaçal no qual rolam os elefantes-marinhos, que não fazem nenhum movimento, exceto quando bocejam. O nosso ancoradouro não fica muito longe do cemitério que oferece um pequeno — porém significativo — sortimento de objetos do passado, as etiquetas de pedra branca, em dias menos tensos homenageamos Sir Ernest Shackleton com champagne do comandante. Os tanques de óleo diesel estão disciplinadamente enfileirados como túmulos, já se cozinhou muito nessa "baía da panela". Na fábrica, o homem esquartejava as baleias; agora, o tempo esquarteja as fábricas. Os galpões decadentes são carregados de silêncio, os mandriões estão longe. Beate está atrás da carcaça de um armazém, gesticulando com mais ênfase do que de hábito, o vento chicoteando seus cabelos, a franja voando. As tinas de óleo ainda exalam fedor, pelo menos a mim parece difícil respirar nesse abatedouro enferrujado. Alguns dos telhados, meio caídos, surgem tortos por entre as nuvens, placas vermelhas marcam um território poluído com asbesto. Diante da área em que se cozinhavam os ossos, três figuras seguram firme uma corrente de ferro e se inclinam para trás, como se estivessem brincando de cabo de guerra com caçadores de baleia há muito tempo falecidos, fragmentos de risos contidos chegam a mim, os filipinos adoram brincar de esconde-esconde por entre as ruínas. Como posso ver com distanciamento esse deque que já foi sinônimo de morte? As montanhas cobertas de neve estão distantes, cenários neutros. As focas se escondem tão bem na areia cinza-escura que é preciso prestar atenção para não pisar nelas sem querer. As mais jovens rapidamente se locomovem até a água, mexem e remexem e se sacodem logo depois de voltar à terra. Entre a âncora e a hélice do navio (fora de contexto e função, viram objetos grotescos na praia), alguns pinguins-gentoo montam guarda, olhares irônicos por trás dos bicos vermelhos. No molhe, o *Albatrós* há décadas mostra ostensivamente que adernou, o canhão do arpão apontando para terra firme.

— Olá, vejam, o nosso coordenador de expedição, que lugar interessante, não é mesmo, é como o senhor diz, aqui se encontraram a Antártida e o homem, tudo um pouco sujo, deviam arrumar. O senhor sabe que prédio foi este?

— Do outro lado, no caminho principal, há painéis com informações detalhadas.

— O senhor não vai querer que atravessemos novamente a lama, Mr. Zeno, agora que o encontramos aqui.

— Era o lugar onde cozinhavam o óleo, Mrs. Morgenthau. Primeiro, as baleias eram esquartejadas, depois, aqui, extraía-se o óleo da gordura em imensos barris.

— Isso cheira a trabalho pesado.

— Trabalho lucrativo. Muito lucrativo. Num ano bom, processavam aqui bem umas quarenta mil baleias.

Eu me despeço educadamente, do contrário ainda precisaria explicar que primeiro tiravam a pele das focas até elas serem exterminadas, depois assassinavam os elefantes-marinhos para extrair o óleo, e que os fornos, na falta de combustível, eram alimentados com pinguins, e quando os elefantes-marinhos acabaram, os pinguins eram transformados em óleo. Tudo era aproveitado, nada se jogava fora: o homem laborioso consegue sempre mostrar à natureza como ela esbanja seus próprios recursos. Eu atravesso o campo de futebol em um leve declive. Traves tortas formam uma visão reconciliadora. Abater animais de manhã e jogar futebol à tarde nesse campinho — será que as mãos do goleiro fediam, havia respingos de sangue seco nas canelas dos atacantes? Você é sempre tão para baixo, isso estraga o nosso humor, dizem os outros. Deixa estar. Esse é o tom à minha volta de manhã até de noite, não leve tão a sério, faça vista grossa, não é tão dramático, nada é tão terrível como parece, todos com a mesma ladainha que tenta relevar tudo, prontos para se abaixar quando começa a tormenta. Que tipo de retórica as pessoas teriam em seus alegres lábios se tivessem dado entrada para uma semana de exames no hospital com dores contínuas na região do peito na época de Pentecostes, quando o verão já estabeleceu seu domínio? Flechas perfuravam o meu corpo, como se a dor precisasse ser retirada das profundezas, vários dias de espera pela operação vital, três meses de convalescença e, depois da alta, segundo o diagnóstico (quase) totalmente refeito, deixo a minha bolsa em casa e saio correndo até a geleira, sentindo os olhares de incompreensão de Helene nas minhas costas.

No trem, fiquei sentado na companhia de pessoas estranhas, cuja presença me era desagradável. A mulher à minha frente, decepção alguma por ela ser mais velha do que eu, ocupava-se em abrir cuidadosamente o laço de uma caixa de bombons, afastar a tampa marmorizada, colocando-a cuidadosamente no assento livre à sua esquerda, posicionar seus dedos como os tentáculos de uma grua sobre o bombom selecionado e retirá-lo da embalagem com precisão clínica. O bombom desaparecia rapidamente por entre seus lábios pálidos, ela mastigava de forma quase imperceptível, enquanto fechava a caixa e refazia o laço, só para, alguns minutos depois, abri-la novamente, repetindo todo o procedimento pedante, depois de cada retirada de bombom a caixa parecia tão intocada como se ainda pudesse ser dada de presente. Se a mulher fosse até Kufstein ou até Klagenfurt, chegaria com a sua caixa elegante já sem o conteúdo. O homem à janela se defendia contra a paisagem com o jornal bem aberto, primeiro o *Bild*, depois o *Krone*. Exibia uma aparência de prosperidade naquele dia quente de fim de verão, revelando que era um burguês prestes a entrar para a primeira classe, leves marcas na mala indicavam que os adesivos turísticos tinham sido retirados, quem sabe agora dispunha de alguma consultoria estética. Ele estudou a primeira página de alto a baixo e, com igual dedicação, voltou-se imediatamente para a próxima. Esse respeito às manchetes obesas e aos anúncios mirrados me irritou. Precisei sair do compartimento por um momento. Em Salzburgo, entraram três moças com rostos tão vazios quanto uma folha em branco. Pareceram ignorar a nós, mais antigos no compartimento. A mulher se permitiu mais um bombom, o homem continuava afundado no *Krone*, as três meninas se deliciavam com as fofocas escolares; quando o trem parou em campo aberto, fui tomado pelo medo, a vista impedida pelo *Krone*, nada para comer exceto um último bombom, nos ouvidos o vazio da juventude e o temor de nunca mais chegar à minha geleira. O trem se pôs em marcha novamente, eu me acalmei um pouco, sem saber que as coisas ainda haveriam de piorar. O dono do albergue Zum Kogl fora me buscar para que eu, no meu estado avariado, não tivesse que esperar pelo ônibus, um cachorro com manta de lã arquejava no porta-malas de sua *station wagon*, muita coisa aconteceu, o senhor não vai gostar, curvas em serpentina sem fim, de ambos os lados, paisagem árida; quando estão sem neve ou gelo, os Alpes são de uma feiura agressiva, que bom que o senhor já se recuperou, estou tão feliz, temos rezado pela sua saúde, a família inteira, ele tem sete filhas, ou seriam oito, de qualquer maneira são só filhas, e ele está acostumado a rezar. Minha atenção foi desviada rapidamente por um ciclista que descia a montanha aceleradamente, quando o carro virou para a esquerda, os pneus rangendo no cascalho, eu olhei para a frente, pelo parabrisa, e diante de mim... não havia nada. Nenhuma geleira. Nenhuma geleira viva. Fragmentos apenas, partes isoladas, como se o seu corpo tivesse sido despedaçado por uma bomba. A parte mais íngreme ainda estava congelada, porém mais abaixo, diante de nós, havia apenas alguns nacos de gelo espalhados ao longo do declive, como escombros de obra à espera do caminhão de entulho. Qualquer vestígio de vida tinha sumido. Eu avisei que seria difícil, não é bonito de se ver isso. A voz do dono do albergue evapora na minha memória e eu, ele me contou mais tarde, à noite, sentados à mesa, com cerveja e assado, eu saí do carro sem dizer uma só palavra, indo com passos pesados de um pedaço de gelo até o próximo, confuso como um bêbado ou um cego, e ele se lembrou da época da epidemia, quando os fazendeiros se despediam das vacas que precisavam ser sacrificadas. Eu não era nem capaz de tal gesto, meus pensamentos e sentimentos estavam petrificados. Ajoelhei-me ao lado de um dos restos, por baixo da poeira de carvão, da superfície enegrecida, havia gelo puro, passei meus dedos no frio, depois no meu rosto, como de hábito, era meu ritual de saudação, antigamente eu enchia as duas mãos de neve fresquinha, mãos que ficavam tão geladas e revigoravam o meu rosto. Lambi o meu indicador, não tinha gosto de nada. Só então tive o primeiro pensamento irrelevante: eu nunca mais poderia encher minhas garrafinhas com água da geleira, para depois degustá-la em casa.

Fiz um gesto impaciente indicando ao dono do albergue, parado ao lado do carro, que me deixasse sozinho. Deitei-me sobre o pedregulho. Fiquei ali, enrolado, um mísero montinho, qualquer sentimento que não pesasse sobre mim como um diagnóstico positivo seria bem-vindo. Permaneci naquela posição sem saber o que fazer, até um caminhante colocar a mão no meu ombro para perguntar como eu me sentia.

Agredi-o, mal-humorado.

— Está caminhando por aqui?

— Uma paisagem maravilhosa, não é, e que lindo dia de final de verão.

— Não está vendo isso aqui?

— Bem, é verdade, muito pouca neve este ano.

— Esta geleira morreu e você fica passeando por aqui animadamente. Suma, desapareça daqui. Você me dá nojo.

O homem não se dá ao trabalho de olhar para mim de novo e continua sua caminhada. Aquilo não era uma perda em massa, era um extermínio em massa. Tinha sido uma besteira querer calcular o derretimento neste mês de setembro, fazer o balanço do verão. Não havia mais nada para calcular nessa montanha.

Consegui, afinal, me levantar, iniciei a subida, sem rumo. Na parte mais íngreme, um toco de gelo sobrevivera à sombra de uma rocha do tamanho de uma escrivaninha. Depositei nele o meu bloco de anotações. O vento o folheou. Quantas coisas havíamos medido e pesado, quantos balanços, quantos modelos, quantos alertas embasados cientificamente. Tantas boas intenções em vão, terão de ser rasgadas, uma a uma, nossos métodos fracassaram. Advertimos, em vão, mas a cada ano a situação piorou. Nossa época enseja profecias de Cassandra, até os otimistas anunciam maus agouros. Mas, apesar de tudo, eu jamais previra um tal grau de destruição, nem mesmo quando o portão da geleira desapareceu (quando comemorei meu aniversário de cinquenta anos), nem quando a língua da geleira foi cortada por uma queda de gelo, derretendo rapidamente na sequência (nos meus sessenta anos), e agora esse ataque dos rincões do nosso otimismo funcional. Se até os especialistas são surpreendidos pela aceleração dos colapsos, quem ainda pode intervir com soluções salvadoras, quem ainda emite opiniões decisivas, quando todos os demais preferem a vil voz do conforto? O meu trabalho consistira em documentar nossos erros — o confessor enquanto cientista arrogante. Eu bati com o punho na mesa de pedra, a dor me fez lembrar as três meninas do trem, aquelas meninas mascando o chiclete da vida, tidas como inocentes. Que valor tem esse tipo de inocência, quando sabemos que elas serão culpadas, o futuro reserva a elas e a nós continuarmos com a devastação, elas continuarão destruindo as bases da nossa sobrevivência. Elas não estão nem aí, como a maioria de nós, não descansarão antes de ter usado sujado esbanjado destruído tudo. Parti na manhã seguinte. No vale vizinho, as áreas de gelo remanescentes haviam sido cobertas com mortalhas, juta branca, sob as quais uma geleira soltava seus estertores. Eu me senti como um médico num hospício.

* * *

Chamávamos aquilo de "nadar". Nadar no fluxo do gelo. Quando tínhamos coragem de entrar nos drenos, nos canais de gelo, para usá-los como pistas de trenó, quando nos agachávamos para passar por dentro dos túneis, confiando-nos às sinuosidades, como se a geleira tivesse o dever de nos proteger, escorregando por dentro de tubos de puro gelo. Era perigoso, mas só em termos, antes havíamos checado que saída nos esperava, mesmo quando nos equivocávamos ao calcular a aceleração, saindo em alta velocidade do canal como balas de canhão, fazendo trovejar lá em baixo, mesmo quem tentava tirar a dor das calças se via obrigado a rir do comentário acústico da geleira. Sim, colecionávamos manchas roxas, conhecemos a geleira, xeretávamos cada fenda e pensávamos que conseguíamos escutar como o monstro de gelo escorregava em sua própria água até o vale, e nos espantávamos com a maravilha de cores naquele universo aparentemente monocromático. Treinávamos nosso olhar para captar a sua delicada riqueza de cores (e não apenas debaixo do microscópio de polarização), e, em comparação com ela, as cores da planície nos pareciam grosseiras. Onde o gelo era duro como alabastro, achávamos cavernas azuis. Quando entrávamos nelas, sabíamos que, na nossa próxima visita, já não as encontraríamos mais. Depois, nossos caminhos se separavam, alguns de nós corriam apressadamente até a cidade, outros se retiravam para o vale, finalmente eu era o único que ficava indo e vindo da geleira para a universidade, em dias solitários eu me rendia ao silêncio do gelo, aos sons da água, tornei-me uma pedra que deixa seu próprio rastro no gelo, e um dia fui surpreendido pelo desejo de rezar em uma daquelas capelas azuis de um dia só, não para Deus, mas para a diversidade e plenitude (escrito assim, parece desajeitado, não basta substituir "Deus" por

"Gaia"). Sozinho, eu buscava a verdade no azul mais claro e mais gelado, enchia as cavernas geladas com minhas próprias variações da eternidade, assim como os monges em outros tempos enchiam suas cavernas rochosas com desenhos. Por que a superfície da pedra não lhes bastou como ilustração do divino, as erosões, as manchas úmidas? *Deum verum de Deo vero*, a verdade pode habitar assim uma frase? Na minha câmara azul, na barriga da minha baleia gelada, Deus se libertava de qualquer palavra supérflua.

Jeremy é baixinho, mas usa óculos, assim pode ser facilmente reconhecido em qualquer lugar e a qualquer hora do dia, um modelito tirado de alguma revistinha californiana, toda expedição polar se torna uma história heroica, principalmente a de Shackleton, que Jeremy venera como mais ninguém, ele é capaz de repetir sua palestra sobre Shackleton seis vezes por temporada, e a cada vez ela soa mais criativa e original do que na anterior. Os outros palestrantes que não estão ocupados ficam ao lado da porta do auditório e escutam pelo menos por alguns minutos como Jeremy eleva Sir Ernest Shackleton a um herói prometeico (ele o colocaria na galeria de ancestrais dos profetas, se estivesse em busca de exemplos espirituais). Jeremy percebeu que eu faço anotações, não escondo o meu caderno de notas com sua capa pesada, porque seria impossível guardar segredo a bordo, quem acredita nisso um dia vai aprender, a bordo tudo se torna visível e tudo o que se viu se torna audível. Jeremy me surpreendeu colocando uma folha de papel embaixo do meu prato, uma folha escrita, que eu leio depois das entradas e ainda antes da sobremesa: "Como você também começou a escrever, deveria ter em mente que o autor norte-americano Nathaniel Hawthorne não pôde acompanhar a expedição do Leutnant

Charles Wilkes para a Antártida porque 'o estilo em que esse cavalheiro escreve é demasiadamente prolixo e rebuscado para poder transmitir uma impressão genuína e razoável do ambiente durante a expedição. Além disso, um senhor de tal modo talentoso e distinguido como o referido Mr. Hawthorne jamais abarcará o significado nacional e militarista de quaisquer descobertas'. Foi como argumentou, à época, um deputado do Congresso norte-americano. Eu achei essa preciosidade ao longo das minhas leituras. Sinta-se privilegiado que a você, que tampouco quer compreender a relevância nacional e militarista da Antártida, é dado o que foi negado ao seu colega, evite prolixidade e rebuscamentos e lembre as privações de Shackleton". Ao erguer os olhos, percebi que Jeremy voltara a apontar sua filmadora em minha direção, e eu segurei a folha de papel diante do peito como se eu fosse uma vítima de sequestro, recitando lentamente o juramento de Shackleton, que eu inventava na hora, para honrar a palavra. Jeremy sorriu e fez um *travelling* com sua câmera, saindo de mim para o mar através do vidro da janela. Ele seria incluído em qualquer expedição porque difundia bom humor, mesmo quando estava pensativo. Trata-se de um raro talento. Ele precisava se referir a Shackleton, nós todos nos identificamos com Shackleton (exceto El Albatrós, que não consegue perdoar Shackleton porque ele planejou vender pintos de albatroz para gourmets em Londres e Nova York, que na falta de qualquer outra coisa haviam agradado a quem os comeu), ele é o homem bom da Antártida, a imagem do seu navio *Endurance* no gelo está pendurada no elevador, o seu retrato na parede na entrada do restaurante, ele poderia ser membro do nosso grupo, ia se dar muito bem conosco, ele desconfiava de hierarquias rígidas, apostava na solidariedade em vez da subordinação severa. Além de tudo, foi o único pesquisador polar que viajou até o extremo sul para morrer lá. Da mesma forma que não conseguia imaginar seu dia a dia em clima temperado, não concebia um túmulo em terra que não fosse congelada.

O comandante acelera, perdemos um pouco de tempo em Grytviken, o *Hansen* perfura as ondas, como se fôssemos os primeiros navegadores a cruzar aqueles mares. A menos de três horas da Geórgia do Sul, avistamos baleias, estão bem próximas. Beate fica tão excitada quando as baleias jubarte mergulham, ela prende a respiração e inspira junto com elas, quando voltam à superfície. Seu entusiasmo ignora dúzias de câmeras à sua volta que clicam como se fossem chicotadas, você as viu, grita para Jeremy, que tenta passar pela massa de observadores, e Jeremy responde gritando *oh yes, oh yes, and we're clicking into place.*

6.

Vou insistir com ele, Basileia fica às margens do belo rio Reno, que coreografia fantástica, e Cairo fica às margens do Nilo. No total, são duzentos e vinte passageiros, ingleses, alemães, norte-americanos, holandeses, suíços. Nossa, você errou o caminho, devia ter virado no cruzamento, agora precisa voltar o caminho todo até lá. Noruegueses, brasileiros, neozelandeses, austríacos. Sabemos o bastante, compreendemos pouco, últimos estertores, nem a mais pálida ideia, se quiser gozar na boca, vai custar o dobro, lá reinam condições extremas inimagináveis, estão caindo flocos de neve pornográficos, estamos cavando um lar para o seu futuro. Fala, Foxtrott dois, câmbio! Vejo gente formando grupinhos, câmbio. Está tentanto estabelecer comunicação?, câmbio. Sim, alguns acenam, câmbio. Em que condição se encontram?, câmbio. Impossível avaliar, câmbio. Algum sinal de pânico?, câmbio. Nenhum. Alguns estão bem juntos, acho que formaram uma corrente humana, câmbio. Não, a vaca não é sagrada, não, as ovelhas, as cabras e o gado não são sagrados, nem os animais selvagens, os pássaros no céu e os peixes no mar, não, o porco não é sagrado, não, a galinha não é sagrada, nem mesmo o cordeiro. Foxtrott dois, por favor, volte, câmbio. Agora formaram um imenso círculo, câmbio. Um círculo?, câmbio. Parece um zero gigante, câmbio. Dê mais alguns sobrevoos, isso acalma as pessoas, voe o mais baixo que puder, câmbio. Copiado, câmbio final. Os especialistas não concordam com esse prognóstico, hoje a cotação do lítio foi informada pontualmente, os pássaros caem mortos do céu, essa Terra gira em torno do próprio eixo e nunca vai parar. Mande a lista de passageiros por e-mail, além deles há setenta e oito tripulantes, precisamos saber tudo sobre os conferencistas a bordo, buscaremos cada pessoa desaparecida BREAKING NEWS: COMEÇA OPERAÇÃO DE SALVAMENTO BREAKING NEWS: COMEÇA OPERAÇÃO DE SALVAMENTO todo o resto não importa mais

VII. S 60°11'5" W 50°30'2"

Quando acordo cedo, completo minhas sessenta voltas no convés a passos rápidos no preguiçoso lusco-fusco da manhã. À minha volta, as águas circulam em torno da Antártida, o oceano e um ser humano acordado dando suas voltas, no sentido horário, como Hölbl e eu costumávamos fazer há muitos anos e muitas décadas nos templos do Ladakh, cedo, antes de começar o expediente, dando a volta no santuário, não para ganhar pontos com os nativos, como alguns nos acusavam, sempre prontos a condenar qualquer movimento para ampliar nosso horizonte, como se fosse uma maneira de se relacionar com o estrangeiro, e sim porque gostávamos da ideia. Hölbl chamava o velho lama de "Meister Boltzmann", e a saudação agradava a ele, imaginava que aquele som incomum significava uma distinção, suposição que não era tão errada.

A água geme, as ondas têm poucos metros de altura, nossa travessia é relativamente tranquila, a passagem de Drake geralmente tem tormentas que é preciso atravessar antes de ingressar na calma paradisíaca da *Terra nullius*, no olho do furacão, eu giro junto com a corrente circumpolar que a cada momento movimenta e gira cento e cinquenta toneladas de água, pássaros flutuam pelo lusco-fusco, cortam o ar gelado com suas asas afiadas, duas trajetórias de voo formam um oito deitado, aves marinhas brancas sobem vertiginosamente, aves marinhas negras despencam em voo rasante como decisões rápidas, desaparecem em seu comedouro por entre as ondas, atrás da espuma brilhante, e eu continuo girando, a cada passo o navio sobre o qual caminho cai no esquecimento, essa dança solitária do autoesquecimento me bastaria se o dever não me chamasse para dar mais uma palestra, completar os avisos nos painéis sobre as próximas excursões terrestres. Como todas as noites, ontem às sete e meia eu estava no rádio, afinando os nossos planos com os dos outros coordenadores de expedição. Algumas vozes eu já consigo identificar imediatamente, muitos revelam sua origem na língua, de forma inconfundível e pesada (é natural, diz Beate, o canto das baleias também tem diferenças regionais, dialetos submarinos). No momento, há oito navios na região da península Antártica, dividimos os ancoradouros reservados há vários meses, mas negociamos, trocamos, ajudamo-nos mutuamente a compensar problemas causados pela meteorologia. E nos evitamos, pois não queremos que a ilusão de estar sozinhos na Antártida, solitários no fim do mundo, distantes de qualquer tráfico regulado, seja destruída pela visão de outro navio.

Na verdade, todos nós no instituto sabíamos que eu não me dedicaria a nenhum outro objeto de pesquisa (essa palavra eu associo a uma unha encravada). Certamente não numa idade em que os fios da barba já cresciam rumo a uma aposentadoria. Eu já não suportaria mais os Alpes; além disso, o que eu teria a ganhar acompanhando outras geleiras até a morte? Continuar fazendo conferências como se nada estivesse acontecendo me pareceu tão grotesco quanto dar aulas para veterinários especializados em dinossauros. Não, eu teria de me despedir, não havia alternativa. Dois colegas sugeriram que eu os acompanhasse ao Grande Cáucaso. Não queriam que eu saísse do instituto, provavelmente pela razão mais sentimental, o hábito. Você pode cozinhar para nós no acampamento, brincavam. Eu era tido como um cozinheiro abençoado, só porque, todos os anos, eu aparecia para a festa de verão com um panelão de sopa de peixes jamaicana. Da primeira vez, surpreendi todos com aquilo, ninguém esperava tal iguaria (com aquele nome, aqueles ingredientes, aquele sabor) de alguém que tem horror aos trópicos e acha o Caribe um suadouro e frutos do mar nos pré-Alpes a mais pura decadência. Eu jamais teria conhecido a tal sopa de peixes se um jamaicano criado na Inglaterra não tivesse se apaixonado por uma moça de Munique. Ele sobrevivia como professor de escola técnica, dando aulas de inglês para turmas avançadas, nós discutíamos as letras das canções do Madness, líamos trechos de George Mike, *How to Be an Alien*, e no final do semestre fizemos uma festa no seu apartamento, ele reuniu todos na cozinha, depois, com a verve de um diretor de circo, levantou a tampa de uma panela com o diâmetro de um carvalho, dali escapavam cheiros que remetiam a lendas, fantasias de horas passadas em barcos com cobertura de palha, de mergulhos até lugares cheios de conchas. No ano seguinte, eu repeti o curso, embora o meu inglês já fosse bastante bom, entre outras razões, por causa do intenso intercâmbio com colegas das universidades de East Anglia e de Jawaharlal Nehru, a fim de poder me deliciar uma segunda vez com aquela sopa e conseguir a receita. Impossível alguma receita ser mais cara do que aquela sopa de peixes jamaicana, ela contém toda a riqueza dos mares, é difícil obter os ingredientes (precisei recorrer a feiras e lojas de delicatessen especializadas, como o Viktualienmarkt, a Dallmayr e o Käfer), o preparo deve ser planejado com muita antecedência e precisa começar na véspera do banquete. Durante semanas, eu ansiava por esse dia, um dia que batia à minha porta com uma mão tatuada de maneira enigmática. No Cáucaso, não conseguiria me ambientar como cozinheiro, respondi aos colegas, além disso, não suporto mais a visão de geleiras vivas. Era uma mentira, eles sabiam que eu amava o gelo, mas a minha maneira de ver estava transformada, antes, quando eu olhava para uma geleira, eu via história e evolução, plenitude e acervo, agora enxergava apenas imensas caricaturas, o gelo que restara se transformara em reflexo do nosso imenso desleixo. Não importa o que eu via, eu achava impossível resgatar a concordância antiga com as coisas. Era como se só agora eu pudesse perceber a sua essência. Atrás dos estuques e cornijas, eu só enxergava novas prisões. Nos calçadões, as pessoas pareciam manequins de vitrine, empurradas de um lado para o outro por abalos estocásticos. Vocês não precisam de mim na equipe, disse eu, e ninguém discordou.

Aquele foi o ano da nossa última sopa de peixe jamaicana.

Em alto-mar, é difícil evitar outras pessoas, os corredores são retos e compridos, é melhor ficar parado, de costas para a parede, encolhendo a barriga, e colocar um sorriso estudado. No navio, qualquer pessoa pode ser rapidamente localizada. Depois de alguns dias, sabe-se quem fincou raízes onde, armado de um binóculo, num lugarzinho escolhido que lhe bastará pela viagem inteira, por exemplo uma poltrona no cesto da gávea da Panorama Lounge, onde é mais fácil fugir dos passageiros irrequietos, que mudam de posição de quinze em quinze minutos, indo para o convés, para bombordo, para estibordo, sempre com medo de estar perdendo alguma coisa, pessoas que absorvem cada vista nova, voltando logo para o salão com calefação a fim de assistir à próxima palestra, ao próximo filme, para tomar o café ou o chá da tarde. E aqueles que pagaram muito, os passageiros das suítes, jamais devem ser decepcionados. Com os ricos, a gente aprende como reclamar, diz Emma, a recepcionista. No meu cargo de coordenador da expedição, sou uma presa fácil para os irrequietos sedentos de conhecimento, o trajeto do deque 3 até o deque 6 se transforma numa gincana de perguntas. Prefiro ficar sentado numa daquelas mesinhas de dois lugares no bistrô, tendo à minha esquerda o oceano Antártico, uma em cada duas mesinhas está coberta por um quebra-cabeça incompleto, motivos de cartão-postal, fragmentados em quinhentas pecinhas, para serem montados, o quadro na tampa da embalagem, e quem consegue fazer isso pode fazer outro, de mil ou de mil e quinhentas peças; é preciso imaginar que quem gosta de quebra-cabeças é uma pessoa feliz, e do outro lado está Mary, com um gravador ligado e ainda fazendo anotações em um bloquinho de bolso sem linhas com um lápis apontado, à minha direita, Paulina, que mal disfarça a alegria em fazer o papel da garçonete imparcial, repetindo concentradamente o meu pedido, como se estivesse escutando pela primeira vez que eu prefiro o expresso duplo com muita espuma de leite, mas só espuma, por favor, para não afogar o gosto do café no leite, ela me recomenda o bolo marmorizado, que eu abomino, fazendo com que Mary, por solidariedade, peça um pedaço desse bolo. Explico que estamos a sul do paralelo 60 e só agora chegamos realmente à Antártida, a partir de agora os navios não podem mais despejar esgoto, o que naturalmente limita a duração da nossa permanência nessas latitudes, isso é uma vantagem adicional dessa regra sensata, afinal, estamos no único mar ainda não poluído pelos homens, e que isso continue sempre assim. Apenas quatro por cento, diz Mary, enquanto tomo um gole de água, o oceano

Antártico representa só quatro por cento da superfície oceânica total. Lá fora, um bando de aves marinhas flutua em almofadas de ar invisíveis. Paulina serve café e bolo, ela demonstra eficiência profissional e exala um quê de indiferença. Mary lê o seu nome na plaquinha acima do bolso do uniforme e o acrescenta ao seu agradecimento. Paulina retruca com um sorriso um pouco acima da dose, antes de se virar para mim, *anything else, Sir?* Ao que eu respondo com um formal: *that will be all, Paulina, thank you.* Mary pergunta a minha opinião sobre o que aconteceria se o Tratado da Antártida não existisse. Haveria um debate público sobre o uso da Antártida e uma negociação nos bastidores. Os lobistas confirmariam a necessidade de perfurações de petróleo e mineração, haveria uma campanha contra os pinguins, seguindo o lema: por que deveríamos ter escassez de matérias-primas, só para salvar os pinguins? Os pinguins não seriam mais fotografados em pé, e sim deitados, assim parecem gordos e espertos, como que pedindo para ser abatidos. A qualquer momento podemos abrir mão do luxo do sentimentalismo. Não há nenhuma garantia de que isso não possa acontecer, até mesmo antes da assinatura do tratado, na hora do vamos ver, quem é que vai respeitar compromissos voluntários, quando mesmo os acordos valem pouco. Teria que haver uma grande pressão popular para evitar isso, interrompe Mary com um entusiasmo ingênuo que faz bem e mal ao mesmo tempo. A expressão do meu rosto trai o meu ceticismo.

Que eu perdoe a sua observação, é que eu parecia estar tão deprimido, talvez porque me faltasse a experiência de lutar por uma causa comum, é tão encorajador, mas de qualquer maneira ela não tinha direito de dizer aquilo. Sinto saudades da euforia. Continuamos conversando sobre o gelo e o mundo, ela faz perguntas que me exigem respostas além das banalidades pré-fabricadas, e de repente eu me ouço admitindo que às vezes tenho vergonha de trabalhar naquele navio, até porque nesta viagem tenho mais responsabilidade na minha função de coordenador, os turistas deveriam ser levados para um parque temático, para uma cápsula do gelo eterno que pudesse ser montada em qualquer lugar, você entra na frente, no final há uma saída, mas eu não aguentaria mais viver sem passar temporadas no gelo, e ela me olha de um jeito tão compreensivo que eu tento iniciá-la na minha teoria da idiotice do calor, segundo a qual as pessoas sofrem de uma loucura parecida com a de alguém que está congelando, imaginam que estão com calor e tiram a roupa, mesmo com o corpo já enregelado, assim hoje nos aquecemos cada vez mais, mesmo com um calor insuportável. Esse fenômeno, chamado de idiotice do frio, começa quando a temperatura do corpo cai abaixo de trinta e dois graus Celsius. Eu admito não saber a partir de que temperatura começa a idiotice do calor, cientificamente só se sabe até agora que a pessoa no estado da idiotice do frio não é capaz de se salvar. Mary parece consternada, de repente evita o meu olhar, para de fazer perguntas — estaria achando a minha teoria burra ou autocomplacente? —, olha fixamente para o lado, ou será que a ofendi? Você é tão agressivo quando profere suas verdades que elas parecem ofensas, disse certa vez Helene durante uma briga. Mary não reage mais à minha conversa tranquilizadora, seu olhar está paralisado, voltado para um ponto do outro lado da sala. Seu rosto perdeu toda a vida, não posso ser o motivo, difícil imaginar que a visão daquele homem baixinho e gordo deitado confortavelmente em uma das poltronas, um livro à mão, olhar sonhador, possa tê-la perturbado a esse ponto. Mary, o que houve? Manchas vermelhas se espalharam pelo seu rosto pálido. Ela demora a responder. Aquele homem, o que ele está fazendo aqui, o que quer? Antes que eu conseguisse fazer qualquer outra pergunta, ela se levantou e foi embora, apressada. O lenço e a fita cassete ficam comigo.

* * *

Minha tristeza se transforma em fúria. O semestre ainda nem havia começado, era fácil não encontrar as pessoas. Helene aceitava todos os convites, ficando fora de casa o máximo de tempo possível, incansavelmente representando nós dois, até para o aniversário da mãe viajou sem a minha companhia, não sei se fingiu um presente dado em conjunto. Quanto tempo deve ter levado até os amigos esquecerem que, pouco tempo atrás, Helene ainda andava em dupla? Quem acredita na constância deve ficar desesperado com a velocidade com que as pessoas viram casais e casais voltam a ser apenas duas pessoas. Quando conhecemos alguém, o outro sempre é uma fortaleza inexpugnável, mas bastam três encontros, um pouco de desejo, alguns beijos e sexo mediano que os dois costumam embelezar para que todas as pontes pênseis sejam baixadas. A mentira do amor eterno nos prepara para a mentira da vida eterna. Depois, fica até difícil explicar em nome de que gastamos tanta energia. Nas primeiras semanas solitárias, fiz uma experiência, fechei as cortinas, diminuí a luz, sentei-me no chão e resolvi levantar só depois de conseguir me lembrar de meia dúzia de encontros sexuais realmente felizes. Eu queria que fossem recordações precisas, algo mais do que apenas pálidas lembranças de quando uma leve brisa acariciava nossos corpos ou a pele dela parecia aveludada. Mesmo depois de muitas horas de escavações biográficas, não consegui me lembrar. Em vez disso, o meu cérebro reproduziu as façanhas atléticas, tão vaidosas como eu as arquivei: três vezes numa só noite (quando eu era estudante, numa estação de esqui), duas horas sem parar (para ganhar uma aposta, quando Helene disse que eu não sou suficientemente persistente). Mas acabei tendo que sair daquela posição para ir fazer compras. Cada conhecido que eu encontrava no caminho perguntava com insistente compaixão pela minha convalescença. Eu decepcionei todos eles. Em vez de compartilhar uma construtiva história de sucesso, contando como escapei da morte, eu falava da geleira destruída, isso irritou essa boa gente, depois de se despedir, meneavam a cabeça, emitiam seu veredito pejorativo sobre mim ainda antes de entrar em seus carros, para depois percorrerem estradas retilíneas até suas garagens abertas com controle remoto e, de lá, serem levados por elevadores silenciosos até seus apartamentos acarpetados. Achavam que eu era mal-agradecido, em relação a Deus ou ao destino ou ao sistema de saúde. O senhor está bem, ainda está vivo, disse o quitandeiro que cobra caro para vender um pouco mais de sabor. É incrível como o mundo em Solln ainda parece estar em ordem, com quanta determinação os privilegiados defendem seus idílios da cegueira. O vizinho me incomodou com a história de sua doença, como se nós precisássemos ter alguma compaixão recíproca. Não é porque as dores são semelhantes que o sofrimento precisa ser compartilhado. Bastou que eu expressasse isso para me ver livre da sua lealdade. É muito bom ver alguns chatos se sentirem ofendidos rapidamente. Infelizmente, o relato sobre sua doença não era um caso isolado, em qualquer canal de tevê, em qualquer frequência de rádio, a própria doença era incensada, como se estar gravemente doente fosse a façanha individual mais notável do nosso tempo, Você está com câncer, que coisa extraordinária, câncer de próstata ou câncer de mama ou câncer de pulmão ou câncer de fígado, você tem tumores, que coisa excepcional, o seu corpo se deteriora, ah, que nada!, é carcomido por dentro, que coisa mais surpreendente, as praias mais brancas estão cheias de melanomas, essa obsessão miserável com a própria vidinha, seu idiota, *bloody fucking hell*! Ei, isso eu consigo entender, Paulina me cutuca, alemão parece com inglês, não? Quando ela (como agora há pouco) me olha assim, mostra-se encantada com qualquer expressão que conhece, ainda que seja um impropério. Nem me dou conta disso, as expressões em inglês surgem devido às circunstâncias (*communication on board*), nós dois conversamos quase só em inglês, há poucos nativos da língua alemã, o meu alemão já está ficando muito misturado, *step by step*. Para que não aconteça comigo o que ocorreu com o coordenador de expedição da primeira temporada, que falava uma mistura ininteligível de alemão e inglês, para me certificar da língua cristalinamente clara, fico caminhando no deque e recitando poemas que aprendi na minha juventude como mantras, poemas que o professor Pradel nos fazia decorar na época do ginásio (o que eu fazia já no caminho de casa), sem imaginar que eles nunca mais nos abandonariam. Os poemas estão mais presentes na minha mente do que as noites de amor. "Não posso reter o ontem que se esvai/ o hoje me aperta como um sapato de mulher / as andorinhas já abrem suas asas / para voar à pátria no outono / eu subo na torre para abrir os braços / e encho o meu copo de lágrimas." Traduz para mim, pede Paulina, como faz frequentemente quando vê uma das páginas que eu encho de letrinhas. Se eu traduzir para o inglês, não vai fazer muito sentido, digo, empurrando a cadeira, mas se eu traduzir para o paulinês, ambos vamos entender melhor. Minhas mãos agarram seus pulsos, meus lábios roçam o seu pescoço, ela dá um passo para trás, até a cama. Qualquer palavra sempre tem dois significados possíveis, murmuro, um significado meio torto, e minha boca suga o bico do seu peito, e um significado dogmático, minha boca passeia de um seio para o outro, a ponta da minha língua bate na sua pele, adoraria te penetrar sem que você percebesse, você diz as coisas mais impossíveis, aí está de novo aquele riso, o que há de mais adorável no *Homo sapiens*, e eu digo "sim", qualquer coisa além de "sim" seria mera verborragia, seu riso se transforma em gemidos, afundamos, bolhas sobem à superfície da água, afundamos, já não vemos mais as cores do dia a dia, permanecemos mergulhados nas profundezas, como se pudéssemos prender a respiração, despreocupados. Ao reemergir, escuto com um ouvido as últimas novidades que ela conta, como um vento farfalhante em um monte de folhas secas recém-varridas (é um deleite sonoro quando ela e Esmeralda esvaziam as caixas pela manhã para encher as geladeiras. Suas bocas se mexem como máquinas de costura, fragmentos captados logo se transformam em capas com as cores do arco-íris, enquanto as garrafas tilintam ao serem deitadas, tilintam ao serem empilhadas). No começo, eu ficava preocupado de que manter um caso comigo, um homem branco e já mais velho, poderia lhe custar a estima de seus conterrâneos, mas ocorreu o contrário; nos cruzeiros no sul, pelo jeito, sou visto como um bom partido. Puxo as cortinas. O coordenador da expedição tem direito a vista, Paulina estava habituada a dormir sem janelas — só os monitores são iguais em todas as cabines. A Geórgia do Sul já passou, depois, "E de repente nos envolvem névoa e neve/ com um frio assassino/ e, alto de um mastro ao vê-lo flutuava gelo". Paulina afirma que o alemão tem uma bela sonoridade, ela não aprende vocábulos, apenas pesca palavras inúteis, *Waschlappen, Hauruck, Kasperltheater* (na sua boca se tornam irreconhecíveis), e os aplica nas situações mais inadequadas. Sentado na beira da cama, nu, vejo metade do meu corpo refletida no espelho da porta do banheiro. Os anos não passaram, mas produziram dobras na minha pele, acumularam-se na minha cintura. Não há o menor motivo para acreditar que a metade invisível possa ser mais consoladora, por que então Paulina ignora todos os motivos para não me desejar? Ela se inclina para a frente, seus lábios roçam o meu membro encolhido com a leveza de um lenço.

* * *

Surge a neblina, não do mar, mas flutuando sobre ele, como se quisesse servir de eclusa para a luz. O iceberg atrás de nós só é reconhecível por causa da base, um pássaro escapa da névoa e sobe, batendo asas. "O Albatroz nos seguia,/ E à nossa saudação, por fome ou diversão,/ Buscava todo dia!". Temos olhos de caçadores, afirma Jeremy, nosso nariz pode até cair e não vamos perder os sentidos, nossas orelhas servem só para enfeiar o rosto, mas nossos olhos são agudos e atentos, podemos confiar neles. Podemos confiar nos nossos olhos apertados que captam tudo o que se mexe a fim de destruí-lo, acrescento.

7.

Vai logo, megafone, não, não temos hotéis, nem pensões, você sabe, estranhos só chegam até aqui quando se perdem. O *Urd* já se encontra no local e começou a recolher os passageiros, são muitos, demais, precisam ser distribuídos entre os outros navios. Cão de caça, fica na área, não larga o osso, a chegada será daqui a quarenta e cinco minutos, a Torre de Londres fica perto do Tâmisa, *rent a friend,* o Louvre às margens do Sena, *a friend for rent*, cala a boca. Quando escutamos o ruído dos motores, alguém sugeriu que voltássemos a formar o SOS como sinal, mas não havia nenhum navio à vista no gelo. Cala a boca, vinte e quatro por cento dos entrevistados são da opinião de que a natureza tem um direito próprio a existir, Nova York fica às margens do Atlântico, pois os pássaros despencam mortos do céu, cala a boca. Nós tínhamos nos dispersado, embora os conferencistas sempre pedissem que ficássemos sempre juntos, poderíamos ter feito um SOS menor, todos formaram primeiro o O, não me pergunte por quê, sem perguntar, formavam logo o O. Cala a boca, dois algodões-doces e duas entradas para o carrossel ao preço de um pedaço de bolo, os primeiros a pegar fogo são as mudas, os arbustos, as árvores mais jovens, a madeira morta, isso aumenta o incêndio, o preço nunca diz a verdade. O O logo estava formado, era um O exageradamente grande para o nosso número, ouvi alguém chamando, estamos formando um S, ouvi gritos, mas em outras línguas, cala a boca. Não desista, meta o pé na jaca, pode esfriar seu ânimo, congelar sua esperança, cala a boca. Logo passei para o outro lado para ajudar a formar o S, sem a menor ideia de como havia ficado esse S, de qualquer forma era menor do que o O, mas foi o que conseguimos fazer, o helicóptero fez vários sobrevoos acima das nossas cabeças, cala a boca. O incêndio aumenta, devora as árvores maiores, o fogo fica maior, mais quente, mais poderoso, os pássaros caem vermelhos do céu e Atenas fica no mar Mediterrâneo, depois o terceiro incêndio, tudo está em chamas, tudo morre calcinado, o terceiro fogo é o último, é o fogo que carboniza definitivamente o mundo, cala a boca. BREAKING NEWS: NÁUFRAGOS SALVOS NO GELO BREAKING NEWS: NÁUFRAGOS SALVOS NO GELO tudo está queimando

VIII. S 62°12'9" W 58°56'43"

Na minha primeira viagem para o extremo sul, mandei algumas fotos para o meu pai — a imagem de um pinguim com seu filhote, o dia raiando num frio de rachar céu ondulado terra-e-mar, fotos anexadas a um e-mail, pedindo que a diretora do asilo as mostrasse a ele em seu computador. O pai reagiu mal-humorado: que decepção, achei que você ia se mandar para um lugar precário. Se essa internet consegue estender seus tentáculos até aí, onde então, nesse planeta, ainda é possível encontrar a solidão? Eu esquecera como era o meu pai. Não sente nostalgia alguma por qualquer terra prometida para além do horizonte, por algum Timbuktu na saída do deserto, por algum Shangri-lá atrás das montanhas, só deseja a calmaria em solitárias caminhadas. Eu jamais seria capaz de explicar ao meu pai o que me deixa nervoso quando passo muito tempo sem abrir o site da ESA (na rede de banda larga do deque 4) para me informar sobre o lento desprendimento de placas de gelo no Antártico. Sei que é um processo em evolução, então por que preciso confirmar sua existência de tempos em tempos? Até agora, não mencionei nada para meu pai sobre a ilha King George. Lá, sua fantasia da intocabilidade gelada é pisoteada com Moon Boots e botas militares. Nem na minha condição de coordenador da expedição posso evitar que ancoremos ali, não há outra opção depois que perdemos a oportunidade de aportar na ilha Elefante devido a velocidades do vento que chegam a vinte e cinco metros por segundo. A ilha King George consiste em noventa por cento de gelo, dez por cento de estações de pesquisa e colônias de pinguins, é assim que eu deveria descrevê-la para meu pai, sendo que as estações têm poucas décadas de idade e as colônias existem há trinta mil anos. Ponta de lança da população humana, a ilha abriga o único hotel da Antártida, Estrella Polar (o hotel não funciona mais, e a estrela Polar jamais poderia ser vista naquelas latitudes), e uma base militar aérea chilena, que os mais impacientes podem usar para cruzar a passagem de Drake. A ilha está coalhada de estações de pesquisa como espinhas em um rosto. Qualquer nação que quiser participar das decisões sobre o futuro da Antártida, explicaria ao meu pai, precisa manter uma base permanentemente habitada, e em nenhum outro lugar isso é tão viável financeiramente quanto na ilha King George. Rússia, China, Coreia, Polônia, Brasil, Uruguai, Argentina e Alemanha concorrem pela taça da Antártida. As estações de pesquisa ficam situadas uma ao lado da outra, o que não tem por fim o conhecimento científico, alimentando a suspeita de que as pessoas ficam jogando cartas, à espera do dia em que for permitido perfurar poços de petróleo em vez de apenas perfurar o gelo (as pesquisas de vanguarda, atualmente, acontecem em alto-mar ou bem no interior do continente, as equipes passam o verão todo viajando, pernoitando em barracas). Às vezes, visitamos a base chilena Eduardo Frei. A visão de um banco, um posto dos Correios, uma loja, uma escola, um hospital improvisado encanta os passageiros, assim como a vila no estilo "rancho", quase uma vila normal, com mulheres e crianças, que emite seus próprios selos, que hasteia a bandeira chilena e povoa o mundo com novos cidadãos chilenos, os quais, a cada choro de um recém-nascido, expressam suas aspirações nacionais à península Antártica (papai gostaria desse detalhe, parece um esquete do humorista Weiß Ferdl). Como os soviéticos perderam a chance de mandar uma mulher grávida de nove meses para o espaço sideral a fim de fundar um direito legítimo ao Sistema Solar, às galáxias, ao espaço sideral com o nascimento do primeiro bebê extra-hemisférico? Evitamos a estação russa de Bellinghausen, um detalhe que eu ainda poderia contar ao meu pai, por causa dos barris de petróleo, dos navios naufragados e da sucata de ferro na praia, que tornam visível o verdadeiro legado da humanidade: entulho enferrujado. Mas também há uma colônia de pinguins-de-barbicha, perto da qual ancoramos, a barulheira dos animais de uniformes preto e branco se misturando à barulheira dos homens de uniformes vermelhos numa parafonia infernal. São extraterrestres que chegam, equipados com a curiosidade, sem ter uma linguagem comum. Os pinguins-de-barbicha nem conseguem se comunicar com pinguins-gentoo que tenham se perdido na sua colônia, explica El Albatrós num breve intervalo entre a partida de um bote inflável e a chegada de outro, nem se sabe ao certo se um percebe a presença do outro. Os passageiros aproveitam cada minuto que podem passar entre os pinguins, é preciso que os chamemos insistentemente para regressar ao navio, eu estou com uma perna na água, ao lado de um banquinho de metal que permite a cada um dos que chegam segurar o meu braço e chegar à terra firme passando por um degrau, enquanto murmuro mantras bem-educados, apesar de, depois de duas horas na água gelada, ter muito mais vontade de mandar os turistas antárticos ao inferno com uma careta e um berro. A água está coberta por uma camada fosforescente, eu seguro o bote, ao entrar, um sueco saudável me mostra seus desenhos de um pinguim com o bico estendido para o céu, alguns rabiscos, eis que outro bote chega em alta velocidade, são soldados, a bandeira chilena pintada no casco, fazendo uma curva perigosamente perto de nós, provocando ondas que arrancam a barra de apoio do nosso bote da minha mão, e ancorando perto de nós, no meio de um grande grupo de pinguins-de-barbicha, que muito a contragosto se dispersam, cambaleantes. O primeiro soldado que salta do bote acende imediatamente um cigarro e dá alguns passos, a postura relaxada, o cigarro na boca, passando no meio da colônia de pinguins, e os nossos passageiros, que treinamos com tanto afinco para manter a distância correta e o comportamento correto, assistindo a tudo aquilo. Assumo a chefia, digo a Jeremy, e saio correndo em direção ao soldadinho. Espera aí, grita Jeremy, *what are you doing*, grito. O soldado olha para mim sem entender nada. Aponto para o seu cigarro e, com gestos inequívocos, mando-o pagar o cigarro. Ele nem se digna a me olhar, vira-se para o lado e sorri para um dos seus colegas, aquele sorriso *ecce ego* que me deixa cego de raiva, eu grito palavras em espanhol, corro em sua direção, fico parado, grito, sacudo o seu braço. Ele se livra de mim com um único movimento bruscamente violento, eu dou alguns passos, tento me jogar sobre ele, caio no chão de mau jeito e com o rosto na lama. Ele tira a pistola do coldre, engatilha a arma e a aponta para mim. Beate e El Albatrós de repente estão do meu lado, falam ao mesmo tempo com o soldado, em espanhol, me levantam do chão, colocando-me entre ambos, como se quisessem mostrar ao soldado que não sou perigoso, eu olho para ele fixamente, tremendo, ele me lança um olhar de desprezo e vira o rosto. El Albatrós me segura enquanto Beate tenta desviar a atenção dos passageiros que já nos rodearam, como uma colônia humana. Depois de um tempo, eu fico de pé imóvel e El Albatrós ousa me soltar. Os soldados nos deram as costas, saíram marchando, sem saber para onde, para que, sobre eles pairam algumas nuvenzinhas de fumaça que espiralam no ar, e eu me pergunto aonde eles vão jogar seus cigarros para apagar com as botas. Sinto como o medo começa a tomar conta de mim e, ao mesmo tempo, a euforia, como se eu tivesse um nó na garganta e, ao mesmo tempo, a sensação de querer me livrar desse nó.

No outono depois do verão mais quente começou a minha vida na penumbra. Como é fácil questionar tudo quando se começa a fazê-lo. Quanto mais eu olhava para tudo que me rodeava, menos sentido tudo fazia. O manto racional que nós confeccionamos — cotidianamente confirmado como sendo o último grito da verdade — facilmente se desmancha quando achamos um fio solto. Basta uma puxadinha e começamos a enxergar máculas por trás das realidades diferentes: delegados na conferência global, adormecidos na plenária, recepcionistas de uniformes estranhos andando pelas fileiras de cadeiras e colocando balas (ou seriam comprimidos?) nas bocas abertas, os delegados mastigam-nas dormindo e, quando voltam a abrir as bocas, escapa-lhes uma palavra tão mastigada como qualquer palavra repetida à exaustão; um a um, os delegados se levantam de suas cadeiras, vão até o pódio, sonâmbulos, e cospem a palavra mastigada em um pote que, ao final do dia, é apresentado a um público que espera pacientemente e no fim escuta que se chegou ao melhor compromisso possível. Esses agentes do extermínio não são criaturas. Nessa época de gente apaziguada, não pega bem manipular assim a sem-vergonhice dos desajuizados. Quanto mais eu me opunha, mais persistentemente passava a ser ignorado, cada vez me convidavam menos para os populares churrascos no nosso bairro. Um brinde, o chope gelado recém-tirado, e todos são unânimes em dizer que se doam muito, mas recebem pouco, deixa pra lá, não queremos ser assim, a vida até que é bem boa. Quando eu contra-argumentava, Helene me lançava olhares de censura, rodeada pelas suas amigas que tomavam conhecimento da minha existência com o mesmo desinteresse de um mecânico olhando para um carro quase sucateado. Eu sabia que Helene estava apenas esperando um bom motivo para sair de casa batendo a porta. Quando começamos a passar apenas os fins de semana juntos (e nem todos, pois minhas viagens de pesquisa se alternavam favoravelmente com torneios de brigde), tivemos de nos suportar cada vez menos; era uma tortura ficar confinado o dia inteiro e a semana inteira com ela em um apartamento. Você precisa se tratar, disse ela um dia, não sei o que está acontecendo com você, você está perdendo o bom senso. Isso me enfureceu. Ela acabara de lançar a primeira pedra.

— Quer que te diga, você fechou um contrato de seguro errado, foi burrice da sua parte, um de seus pratos estava na minha mão,

— Seguro contra incêndio, não precisamos de nada disso, contra inundação, tampouco, mas um seguro contra um maluco na própria casa que pode surtar a qualquer momento, disso é que precisamos urgentemente, e agora? E agora? Não temos, mas veja que falta de sorte,

e a figura de porcelana voou contra a parede, estilhaçando-se em mil pedaços,

— opa, veja o que acontece quando o maluco surta,

as cerâmicas de Delft voaram contra uma janela, quebrando com estardalhaço,

— quem sabe qual é a próxima vítima, nada está seguro,

bati com a palma da mão o armário que guardava os seus tesouros em porcelana, um pequeno prato decorativo escorregou e caiu no meu ombro, antes de cair no chão e se espatifar,

— você esperava que eu aceitasse tudo assim? Pensou que eu não percebia como você tentava me obrigar a deitar na cama de Procusto? Acha que sou um boi esperando seu peso ser avaliado pelos seus colegas?

— Colegas? Helene me interrompeu com um grito agudo, mas que colegas, você nem tem mais isso! Emudeci, com o galo português na minha mão direita. Eu o recoloquei em seu lugar e me concentrei em respirar fundo. Se ela tivesse razão e eu realmente estivesse surtando, jamais saberíamos se eu estava doente ou em vias de me libertar. Nós nos desvencilhamos um do outro diante da TV, taciturnos e obsessivos olhávamos para a tela mudos, fixamente, assistindo a programas sobre natureza como um caçador segue os rastros de um animal baleado, sentados nas poltronas, enquanto no grande sofá marrom entre nós ia crescendo um desprezo mútuo que devorava tudo o que já nos uniu quando ainda nos bastávamos, em noites claras com um punhado de estrelas. Nada era capaz de me acalmar, cada animal reproduzido digitalmente me parecia uma criatura presa que primeiro era castrada e depois, escalpelada. Assim, sofríamos uma noite depois da outra, até o milagre daquela reportagem em que massas de neve despencavam da montanha até o vale, o susto estava entranhado na voz do apresentador, apesar de não estar relatando o acidente ao vivo, e enquanto ele ilustrava sua perplexidade com frases soltas, fiquei atento, aprumei-me na cadeira, torcendo para a avalanche majestosa, desce, desce, gritei eu com força e coragem, sem misericórdia, gritei, quando a avalanche devorou a primeira casa, tão rápido que ela nem teve tempo de ruir, logo uma segunda, uma terceira, uma fazenda inteira, eu me rejubilava quando a aldeia toda desapareceu, enterrada sob a neve, e a cobertura branca sobre um problema resolvido com fúria obrigou o apresentador a fazer alguns segundos de silêncio. Helene se levantou e deixou a sala, balançando ostensivamente a cabeça. Alguns dias mais tarde, uma carta escrita pelo seu advogado pôs um ponto final aos nossos serões diante da TV. Joguei o televisor no lixo especial, era muito raro haver esse tipo de momento solene na programação.

De volta a bordo, ninguém me encarou, mas todos olhavam com rabo de olho quando eu passava. Como se eu estivesse pingando de ridículo. Quando alguém se expõe, a notícia corre rápido. Mary talvez me compreendesse, mas não a vejo em parte alguma (ela foi do primeiro grupo que aportou de manhã, cumprimentou-me rapidamente antes de ir para terra firme). Na hora do almoço, restrinjo-me a uma sopa para poder sair o mais rápido possível. Até Ricardo contém seu sorriso de boas-vindas. Os conferencistas sentados à mesa me lançam olhares preocupados, nenhum deles me faz qualquer acusação, cada um deles teria se controlado bem melhor em uma situação semelhante; são complacentes com o meu descontrole. Possivelmente, terão de lamentar sentir minha falta. Beate insinua que não há como corrigirmos um mundo que está errado. Jeremy conta a história de como, nas Rocky Mountains, um caminhão militar o fechou. Ele está na parte em que sua picape está quase sendo forçada a bater numa árvore quando me levanto, aceno com a cabeça e deixo o refeitório, evitando os olhares de relance. Não há nada na cabine que possa atrair a minha atenção. Estou deitado na cama, olhando para o detector de fumaça, quando Paulina entra correndo, preocupadíssima, ofegante.

— O que aconteceu?

— Você já soube?

— Você brigou com um dos passageiros?

— Com um soldado. E não foi nenhuma briga.

— Soldado, que soldado?

— Era chileno.
— Por quê? O que ele fez para você?
— Estava fumando entre os pinguins.
— O que você espera de um soldado?
— Que não fume.
— Não são os mais espertos que vão servir no Exército.
— Não se trata de inteligência.
— De que, então?
— De respeito.
— E por isso você brigou?
— Não foi nenhuma briga. Ele não parou de fumar quando eu pedi que parasse.
— Ele não te escutou, foi isso, todo mundo precisa te obeceder!
— Não a mim, mas ao bom senso.
— E agora?
— Não sei.
— Você faz um troço desses sem saber o que vai acontecer?
— Isso mesmo.
— Você é burro.
— Concordo.
— *You are risking us for nothing.*

Eu me defenderia se me lembrasse de palavras que fizessem jus à ira do momento em que eu corri atrás do soldado que fumava, quando ele deu de ombros. Tudo o que me passa pela cabeça vem tarde demais, flores num túmulo fresco. Paulina está sentada na cama em frente. Meu silêncio lhe dá razão. Coloco a mão no seu ombro e puxo-a em minha direção, seus cabelos tocam o meu peito. Seu rosto se enterra em minha camisa. Sinto o tecido ficando molhado. O dia virá em que eu a deixarei infeliz sem poder consolá-la. Um primeiro beijo, um intervalo para pensar, um segundo beijo. Tiramos apenas o necessário. Eu penetro nela, e mais uma vez, e mais uma vez, com uma inutilidade latejante. Permanecemos em silêncio, constrangidos, por estarmos abusando dos nossos corpos. Sou tomado por impaciência, quero acabar o mais rápido possível. Escuto a voz de Emma chamando o meu nome pelos alto-falantes. Alguém solicita a minha presença, quer fazer alguma pergunta urgente. Também preciso voltar ao trabalho, diz Paulina. Estamos ambos encurralados. Gozo de lábios cerrados.

Há alguns anos, dois verões antes da catástrofe, Helene e eu fomos a Lisboa num final de semana prolongado, mais uma tentativa de salvar nosso casamento com passeios pela cidade, jantares tarde da noite à meia-luz e um passando protetor solar no outro. Passeamos pelos bulevares, subindo as vielas íngremes, fizemos tudo aquilo que supostamente deixa os viajantes felizes em Lisboa, nos aventurávamos pelas ruazinhas laterais que não estão em nenhum guia, degustávamos pastéis de Belém ainda quentinhos (muito turístico, mas como turista gosto daquilo que se encena para turistas), tomamos vinho do Alentejo, subimos até num catamarã para observar os golfinhos na foz do Tejo. Não importa o que tocássemos, nada nos emocionava ao mesmo tempo. Poderíamos ter passado dias e dias nas lojas de suvenires, jamais teríamos encontrado lembranças que agradassem a ambos. Entramos numa igreja que mereceu três linhas no guia, prontos para sair depois de uma rápida olhada na nave e no teto, para não permanecer em um lugar que só contivesse a nós dois. Mas o interior da igreja me fascinou, sua incompletude, os traços da destruição despertaram em mim um inesperado sentimento de afeto, pela primeira vez eu acreditei estar na esfera do verdadeiro e não num templo de grandiloquência humana. Nas colunas ainda havia traços de um incêndio, uma abóbada laranja cor de sangue se estendia sobre a minha cabeça como um vasto céu sobre um campo de batalha. As flores murchas, as velas que bruxuleavam pareciam últimas e vãs esperanças. Somente depois de alguns minutos eu me dei conta de que dos alto-falantes estreitos nas paredes saía um canto suave de vozes infantis, como se fosse do outro lado de um muro que jamais poderá ser ultrapassado. Em uma pequena abside, vi a Virgem mais comovente da minha vida, exilada num nicho vazio. Ela irradiava insegurança, como se temesse não conseguir dar conta das exigências. Era uma degredada, estava ferida. Senti a sua dor. Não só porque seu filho fora torturado até a morte, mas por esse sofrimento ter sido eternizado. Fiquei horas parado diante dela. O que você gostou tanto nessa igreja caindo aos pedaços, perguntou uma Helene mal-humorada na frente do portal. Essa foi a Igreja de Gaia, eu disse, o lugar que se deve buscar a fim de se livrar da arrogância humana.

Dan Quentin está no navio *Hansen*. Ele jamais se move desacompanhado do seu séquito, motivo pelo qual fica difícil identificar a sua presença, só dá para intuí-la por causa do denso enxame de moscas a seu redor. Às vezes, vemos passar a sua vasta cabeleira. O empresário me acenou com a possibilidade de uma audiência com Dan Quentin. Embora não tivesse empregado a palavra "audiência", o tom e a escolha das palavras apontam para uma rara honraria. É grande a animação entre os passageiros, é sensível a excitação a bordo depois que informei todos eles, divididos de acordo com a preferência linguística, primeiro em inglês e depois em alemão, acerca da oportunidade histórica de se tornarem parte ativa de uma obra de arte. Descrevi os exercícios de segurança que realizaríamos com esse objetivo e o relações-públicas narrou o plano artístico. Para minha surpresa, os passageiros não se sentiram importunados pelo lema "a arte precisa de vocês", e sim lisonjeados. Descobriram sua alma engajada. Quando me chamam, estou sempre disposto a trabalhar em prol do meio ambiente, afirmou um jovem empresário de St. Louis. Este jovem tem criatividade, é disso que precisamos, e não das eternas manifestações, aqueles protestos deprimentes, aquilo não leva a nada, constatou uma senhora. Bem, gostaria de ganhar uma foto com dedicatória, reivindicou um diretor de escola aposentado de Paderborn. Naturalmente, todos vocês receberão um exemplar com dedicatória, prometeu o assessor, e não só isso, todos serão listados nominalmente no nosso site, um a um. E se quiserem adquirir uma cópia da tiragem limitada para dar de presente — seria um belo presente para os que ficaram em casa, não é mesmo — obviamente farão jus a um generoso desconto de participante. Conversando em grupinhos, os passageiros deixaram a sala a fim de assinar as listas de participantes, até restar um único passageiro, um homem magro, com a barba por fazer, uma boina de lã preta na cabeça, mais um recém-chegado, que passara o inverno na base polonesa de Arctowski e subira a bordo junto com Dan Quentin para voltar para casa depois de quase doze meses na ilha King George. Ele estava sentado na penúltima fila, a uma cadeira de distância do corredor, as mãos pousadas sobre a perna, os dedos bem abertos, um sorriso forçado nos lábios. Ele me olhou fixamente, como quem espera alguma coisa. Sentei-me a seu lado, ainda com o microfone na mão.

— Querem que eu fale sobre o inverno.

— Quer fazer uma palestra?

— Todos querem saber como é passar o inverno na Antártida.

— É, como alguns dizem, como estar preso num túnel cujo comprimento você ignora?

Ele arrancou o microfone da minha mão e berrou:

— Errado!

e deixou o microfone cair no chão.

— Você não consegue imaginar o comprimento do túnel. A cada dia cresce a dúvida: será que algum dia o sol voltará a raiar, será que algum dia você vai poder voltar a se movimentar livremente, será que verá mais do mundo do que através dos equipamentos de medição, será que este túnel tem saída.

Eu peguei o microfone do chão e apertei o botão vermelho. Microfones ligados podem gerar situações inconvenientes.

— Seria desesperador se não houvesse os livros. Surpreso? Tão banal, livros no túnel. Amundsen levou três mil livros, sabia disso?

— Vamos tomar um chá?

Poder se fiar na energia salvadora da imaginação dentro de um túnel que parece sem fim, isso fazia sentido para mim. Eu acompanhei o indivíduo leptossômico até a máquina de café, onde também havia água quente. Ele continuou falando, enquanto desembrulhava desajeitadamente um saquinho de chá.

— Nossa ciência é um oráculo moderno, isso eu já havia intuído, mas só entendi isso dentro do túnel — disse ele, colocando várias colheradas de açúcar no seu chá de hortelã,

— antigamente, buscávamos compreender as coisas com ajuda de um médium. Achávamos que havíamos avançado, não é mesmo? Estávamos convictos de que o nosso futuro se revelaria ao final das medições. Profecias? Isso era um êxtase meio suspeito para nós, tínhamos de apresentar evidências objetivas, e o polonês batia com a colher na xícara,

— evidências conquistadas através de trabalho de precisão, são os sinais do tempo, uma cópia carbono de ações futuras. Para convencer alguém, bastaria apresentar os dados correspondentes, não é assim?

Com a xícara na mão, ele se virou, olhou para a escada, olhou para cima e para baixo, ficou parado, levou a xícara com ambas as mãos até a boca e continuou sorvendo seu chá.

— Quem foi venerado em Delfos? A deusa Gaia. Suas servas caíram em transe a fim de prever o futuro, era um transe induzido pelo álcool. E nós? Nós produzimos quantidades imensas de etileno, um produto que está em tudo, na roupa que vestimos, nos objetos do dia a dia, no nosso corpo. Estamos de tal forma narcotizados pelo consumo que perdemos a capacidade de antever as coisas.

O invernante sorveu mais um gole. Estava do meu lado, dizia exatamente o que eu pensava, mas parecia impossível conversar com ele.

— Quem devemos questionar? Será que já refletimos bastante sobre quem devemos questionar? Uma instância mais elevada, claro — mas, quem? A instância mais elevada chamada natureza, o organismo chamado Gaia ou Deus mesmo? Nossas perguntas se tornaram mais precisas? Talvez. Conduzem a novas respostas? Imaginamos que sim. Não estávamos convencidos de que é mais fácil agir quando se decifram as coisas? Ridículo. E você, o que está fazendo nesse navio?

Com algum atraso, entendi que ele se referia a mim, ele não se voltara para mim, a sua voz não mudara, arrastando as palavras ao final de cada frase como uma perna aleijada.

— Nós nos equivocamos? Um pouco? Muito? Errado, novamente errado. Estávamos totalmente equivocados, jogando o jogo errado, estávamos diante de projeções quando, no entanto, as profecias é que teriam sido o verdadeiro trunfo. As projeções se revelaram tão irrelevantes quanto a previsão meteorológica para a semana passada. Vamos, admita, você nunca imaginou que eles fossem ignorar os seus alertas.

— Como sabe disso?

— O senhor mesmo disse.

— Nós nunca nos vimos antes.

— Você mesmo me contou isso exaustivamente.

— Onde foi isso?
— Em algum congresso.
— Não me lembro disso.
— Então você deu as costas à ciência? Desistiu?
— Ao contrário, pretendo apenas apresentar meu próximo alerta de outra maneira.

Nós estamos cercados pela uniformidade, só podemos reconhecer que a natureza olha para nós com olhos cegos. A água parece oleosa perto do navio, a sua superfície impenetrável se funde com uma lona presa por duas abraçadeiras de metal. Todas as câmeras foram abaixadas, no salão faz-se mais silêncio do que o normal. Paulina e eu trocamos olhares por sobre a vitrine com pedaços de bolo. Quando ficamos juntos, peço que o prazer me dê uma prova de sua benevolência. Nós vamos para lá e para cá, balançando em falsas promessas.

8.

Você não pode dizer isso, as noites no Congo são quentes, por que não abasteceu no último posto, não viu a placa avisando que não haveria mais posto nos próximos oitocentos quilômetros? Não foi sensato, não posso lhe dar gasolina, tome aqui uma garrafa d'água, é só o que posso fazer. As noites no polo são geladas, o que podemos dizer até agora é que Zeno H. é o criminoso, não sabemos se agiu sozinho ou com a ajuda de outros, só podemos especular sobre os motivos. Não sabemos nada do seu paradeiro, ele esperou o helicóptero desaparecer antes de prender o comandante, o primeiro-oficial e o oficial de segurança, na casa de máquinas ressoou o comando: todos para o deque, o que aconteceu? Subam todos, imediatamente! A tua nostalgia é o estrangeiro, quando é que mães gostosas viram avós gostosas? Quando o dinheiro acabar, vamos esquartejar um bilionário. Está bem, os ricos são o cofrinho da nação, beleeeeeza. Um belo dia, ele saiu correndo pela rua, soltando gritos horríveis, não dava para entender o que ele dizia, os vizinhos abriram as janelas. Você tem algo a acrescentar?

Não era um grito normal, as pessoas estremeciam, dava para notar, e no meu coração, depois, instalou-se um medo danado. Se tivermos a opção entre conservar a natureza ou ganhar dinheiro, não é assim tão grave, os bem-te-vis caem mortos dos céus, não estou nem aí, mas você não pode dizer isso assim, *ciao ciao bambino*, o Robotnik acaba com o Futanari, gostamos muito de ficar no escuro, bobagem, é fácil de decorar, shotacon é estalagmite, lolicon é estalactite BREAKING NEWS: DESTINO DO *HANSEN* CONTINUA INCERTO BREAKING NEWS: DESTINO DO *HANSEN* CONTINUA INCERTO agora vamos voltar a arregaçar as mangas

IX. S 62°58'9" W 60°33'6"

Se fôssemos piratas — mas não somos, somos corsários da AGB, não decapitamos ninguém, mandamos drones não tripulados assassinarem em nosso nome —, esse aqui seria nosso esconderijo. Se estivéssemos em um filme de piratas, estaríamos aportando hoje na nossa ilha secreta. A cor do mar é cinza-ardósia, o céu está cinzento, o navio se aproxima de um rochedo cinza-escuro sem passagem, se "abre-te, Sésamo" não for o lema correto, o navio vai se estilhaçar, o comandante parou os motores, estamos avançando lentamente, como se um artesão tentasse nos colocar garrafa adentro com ajuda de uma pinça. Todos se aglomeram no deque do lado de fora, procurando com seus binóculos a solução do mistério. A passagem escondida aparece. Os piratas de antigamente chamavam-na de Foles de Netuno. Você vai entrar na água?, perguntou Paulina antes de adormecer. Claro que eu vou entrar na água. As paredes basálticas estão bem próximas de nós, rígidas como raiva congelada, sedimentos na pedra, as linhas de fluxo vivas. Diante de nós, uma praia negra cheia de lapíli espalhados, desmembrada por ruínas semidestruídas, atrás delas, um aclive sombreado por camadas de neve, no meio, o brilho de uma rocha negra e manchas de ferro oxidado. O navio ancora em meio a uma caldeira. Até aqui os homens chegaram. Logo depois, a água na baía vulcânica ficou tingida de vermelho, graças à demanda crescente, quando ainda se faziam espartilhos com espinhas de peixe e glicerina com óleo de baleia para que as pessoas se explodissem mutuamente na grande guerra de exaustão. Que inovação mais admirável, usar baleias para fazer explosivos, que emblema mais radiante do progresso: destruir coisas essenciais a fim de produzir objetos supérfluos. O vulcão se vingou com algumas décadas de atraso, calcinando a presença humana com sua lava. A ilha Deception é um porto complexo, temos muito a fazer, não apenas desembarcar os passageiros como também empreender uma longa caminhada com aqueles que têm bastante saúde. Antigamente, costumávamos cavar um buraco na praia para que os turistas antárticos pudessem se banhar nas águas sulfúricas quentinhas, mas isso já não é mais permitido, continuamos levando as nossas toalhas, os passageiros devem pular no mar gélido (e sair dele rapidamente, se quiserem sobreviver, o médico brasileiro cronometra tudo, quem não sair depois de quarenta e cinco segundos é tirado da água). Depois, distribuímos diplomas. Sou o último a pular, depois que o médico voltou a bordo, quero que me reanimem.

Depois da segunda vez na sauna você precisa pular na água gelada, fui instruído por Hölbl, não basta tomar uma ducha fria. Embora a vida toda eu sempre tivesse abominado a prática da sauna, dessa vez eu participo, pois as senhoras quase nuas ficavam sentadas nos banquinhos de bar; quando se olha muito tempo para os seus corpos, cai-se em depressão. Eu prometi demais? Não disse que ia cuidar de você? Graças às benevolentes dicas de

Hölbl, que incluíam amarrar um roupão, conheci os encontros fugidios no bordel, junto com alguns aspectos prazerosos que Hölbl nem sequer mencionara, tais como despedir-se de uma mulher que você penetrara menos de meia hora antes com "a gente se fala", a bunda que some na esquina e é logo esquecida, substituída por outras bundas, e depois nos instalamos confortavelmente naquele cansaço que desce como o sedimento de um episódio vivido. Depois de várias vezes, algumas sem Hölbl, até o bate-papo introdutório me parecia inadequadamente comprometedor. No clube para o qual ele me levou, e que nós frequentamos no interregno entre o divórcio e a Antártida por causa de uma boa relação custo-benefício, havia um pequeno "cinema" com "área de descanso" em vez de poltronas ou cadeiras, onde o cliente podia repousar, enrolado apenas em uma toalha, assistir a um filme pornográfico ridículo e, dependendo de sua inclinação, a movimentação ao redor, ocasionalmente uma jovem desnuda se aproximava e lançava um convite meio artificial, "Deseja companhia, querido?". Para mim, aquilo soava como uma ameaça, por isso eu somente concordava quando a frasista conseguia articular algo mais original. Além desses convites, tais encontros eram condizentes com o meu gosto, reduziam-se ao essencial. Eu ordenava à moça nua, sem palavras, que afastasse minha toalha e iniciasse logo os trabalhos. Como se eu estivesse sozinho numa roda-gigante, observando a vida lá embaixo, a vida em miniatura, sem ter a menor ideia de como voltar de lá. Às vezes, dava até para evitar trocar nomes falsos. Assim eu era mais feliz, satisfazendo meus desejos carnais sem que o procedimento tivesse algo a ver comigo.

Antes de guiar o navio pela passagem estreita, o comandante me chamou, deixando de lado o jeito monossilábico. Ainda na ponte de comando, na frente de vários outros tomadores de decisão, ele me explicou que eu tinha um papel de protagonista, por ser o coordenador da expedição, se eu escolhesse um desvio, o navio inteiro podia enveredar por ele, disse que a prioridade máxima era a segurança dos passageiros, que um homem da minha idade deveria ser capaz de se controlar, que um único cigarro certamente não significaria risco de incêndio para a Antártida, que eu colocara em perigo a nossa cooperação com a base chilena, que eu prejudicara a reputação da companhia de navegação, depois de tudo isso, eu simplesmente parei de prestar atenção, não cabe ao comandante julgar o meu surto de raiva. Mesmo no dia seguinte, eu me sentia envergonhado, mas com razão, pois o soldado ferira o acordo que nos permite estar na Antártida. Lamentei apenas não lhe ter causado uma grave impressão. Meu olhar passa pela cabeça do comandante e passeia pela janela até o mar, ao fundo, um horizonte gelado, o soldado joga sua guimba de cigarro no meio dos pinguins, vejo a guimba caindo na penugem densa e queimando o pelo preto-azulado brilhante, não é a primeira guimba, os pinguins estão no meio de um cinzeiro que não foi esvaziado, descalços em meio a pontas de cigarro, tentanto abrir as asas, sem conseguir voar. Quando volto a escutar, o comandante acaba de dizer que vai relatar a minha qualificação insuficiente para o cargo de coordenador da expedição, lamentavelmente terá de recomendar que investiguem minhas chances futuras de atuar como conferencista, se for preciso, através de um laudo psicológico. E, sem meias palavras, passa a me informar sobre os novos desdobramentos do projeto SOS de Dan Quentin. Parece que, no meio-tempo, começou a se acostumar com a ideia. Tudo isso não passa de um pouco de barulho, digo eu, sentindo-me libertado de qualquer obrigação diplomática depois da sua bronca. O comandante recomenda que eu coordene tudo dentro do esperado para que possa me demitir com dignidade. Sua expectativa é ser convidado para participar de um programa de entrevistas na TV? A sem-vergonhice não me cai bem. Não é sem-vergonhice, apenas acho que um SOS sem motivo concreto de SOS é ridículo, o senhor está se tornando uma escadinha para o artista que quer montar no carrossel. O comandante me manda parar de me gabar e tratar de concretizar a tal obra de arte, pois ninguém está interessado nas minhas obscuras opiniões. Digo que essa obra de arte jamais poderá se realizar sem que aconteça uma avaria real, ou seja, quando o SOS formado pelos passageiros se tornar um SOS autêntico, aí sim será um sucesso, imagina o valor dessas imagens no mercado. O comandante pede que eu seja menos enfático e cumpra minhas tarefas, pois um exercício, uma hora, uma foto, um ponto alto ao final de uma bela viagem não é algo difícil de fazer, depois levaremos as pessoas para casa, só isso. O comandante não tem nada mais a me dizer, os tomadores de decisão me observam como se eu fosse a atração de uma quermesse.

O pianista também olha para mim. Não me dirá nada enquanto houver outras pessoas sentadas na roda, muito menos na presença da neozelandesa magra que está viajando com sua mãe idosa e gostaria de ser notada apesar da mãe. Desde ontem, o pianista tenta corresponder ao seu desejo, algo apressado, mas a neozelandesa não parece ser alguém capaz de insistir na velocidade correta. Ela me pergunta se é mesmo possível mandar cartões-postais em Port Lockroy, e eu confirmo, aproveitando a oportunidade para lhe contar uma curiosidade acerca daquele posto avançado britânico. A antiga estação de pesca de baleias foi readaptada para fins de espionagem por causa do temor britânico de que navios alemães pudessem se esconder nos portos naturais ao longo da península Antártica. A operação ganhou o nome de Tabarine, o grau máximo de sigilo, até mesmo Churchill foi informado com atraso, os marinheiros enviados vigiaram o estreito de Bransfield, vigiaram e vigiaram, passaram-se dias, semanas, anos, os alemães nunca apareceram, devem ter esquecido a Antártida, além disso, tinham outras preocupações, aos homens ali estacionados não restou outra coisa que comer pudim Duff e lamber Lyle's Golden Syrup até o final da guerra. Então tudo foi em vão?, pergunta a mãe neozelandesa, algo alheia. Não foi bem isso, pelo menos conseguiram tirar a bandeira argentina da ilha Deception. Como sempre, interrompe o pianista, quando meu estimado amigo, o coordenador da expedição, conta alguma coisa, só narra metade da história, é preciso mencionar que antes, no ano de 1939, os nazistas sobrevoaram a região antártica e despejaram suásticas dos seus hidroaviões, imensas suásticas em pipas de alumínio, a fim de reclamar uma parte da terra da Rainha Maud para eles. Essa área marcada com suásticas recebeu até um nome: Nova Suábia. A neozelandesa está fascinada com a versão da história ou com o charme estudado do pianista, sorri, bem-educada, e repete, Nova Suábia, como se fosse uma expressão genial; atrás das minhas costas, no bar, também se contam piadas, alguns homens confraternizam com Erman, escuta, você vai gostar, meu sobrenome é Walker, e meu nome é John, portanto John Walker, e meu apelido... é Johnnie!, quem diria, e agora você serve um Johnnie Walker ao Johnnie Walker, um duplo Johnnie Walker portanto, precisa ser, não é, nem poderia ser diferente; hoje ao meio-dia, conta outra voz, tudo ficou tão escuro, na proa parecia que o nosso navio estava rumando para a terra dos mortos, uma outra voz se imiscui, alô alô, somos os piratas do Antártico, risadas explodem, eu me viro para ver como os rostos se tornam vermelhos de riso, o riso constante, através do qual a voz de Erman segue calma como um fio de prata, Black Label, *sir*?, claro, mas por favor, só com caveira, ri Mr. John Walker, cuspindo, Erman torce o nariz, suponho que esteja reagindo aos perdigotos, espera apenas que o riso passe, a filha neozelandesa se despede, os piratas do bar pegam seus copos e saem. Agora o pianista pode dizer o que quer. E ele diz que jamais esperou aquilo de mim, uma infantilidade querer brigar com um soldado armado por causa de um cigarro, pede que eu seja mais razoável, escolha minhas lutas com mais bom senso. Ele entende perfeitamente que eu não goste de cigarros, assim como ele detesta aqueles passageiros barulhentos, como se contentar com Johnnie Walker? A história do cigarro foi ontem, amanhã haverá Dan Quentin, o que é bem pior; apesar de tudo o que aconteceu, o comandante ainda quer que eu organize aquele evento do SOS. Diz que, na condição de único profeta do apocalipse a bordo, eu sou predestinado para aquilo, enquanto ele, o pianista, pouco pode contribuir, a não ser que necessitemos de um fundo musical. O pianista levanta, senta ao piano, titti tatta tam, titti tatta tam, titti tatta tatta tam, uma introdução de sintetizador inesquecível para alguém que esteve casado com Helene quando existia a banda ABBA. Isso mesmo, o Johnnie Walkers da música pop. Combina perfeitamente com Dan Quentin. Existe outra música boa para SOS, diz o pianista, e ele entoa os primeiros compassos de *Hello darkness, my old friend*, diz que posso continuar cantando a primeira estrofe inteira. Você sabe o que joguei na cara do comandante? Que deveria haver uma avaria de verdade para fazer tudo ficar crível. *That's the spirit*, e que tal um sequestro? Um *ship cruise* vira *Ship Crusoe*. O pianista ri, seu riso é claro e refrescante como um sorbet entre dois pratos e se transforma num improviso sobre o refrão de *The Sound of Silence*, ele lançou a ideia como um fragmento na pedreira das coisas impensadas das nossas conversas. Um sequestro? Um SOS vermelho no gelo? O momento em que arte se torna verdade. Sou fisgado pela ideia. Coisas ditas de maneira leviana também podem ser levadas a sério. Começam como uma minúscula fenda e terminam com o vidro estilhaçado.

Um pássaro branco aterrissa na minha cabeça, a geleira se esconde e começa a derreter, ruidosa, as gaivotas passam voando pela geleira, tornam-se invisíveis, as nuvens são minúsculas, uma onda se ergue e cai, a espuma esguicha para cima, parece a renda para uma mortalha feita de gotas, albatrozes que caem do céu feito pedras. Zeno, eis o seu fim. Esperanças cegas se enroscam na neblina rendada.

9.

Vamos sonhar debaixo do céu estrelado, isso aqui é uma rua sem saída, você parece não querer entender, aqui só há ruas sem saída, sonhar secretamente debaixo de árvores verdes. Armado com uma pistola (onde ele achou essa pistola?), ele obrigou os que ficaram a bordo a entrar num bote salva-vidas, incluindo o comandante, em seguida, partiu, sim, hoje em dia é fácil dirigir um navio de cruzeiro com um joystick, certamente já alcançou o mar aberto. Queremos dançar ao som de bandolins, somos todos tão inocentes quanto às subvenções, o teu amor é o teu navio, quero dançar debaixo do céu estrelado. O seu nome, por favor. Paulina Rizal. Exerce alguma atividade? Garçonete no navio *Ms Hansen*. Há quanto tempo conhece Zeno Hintermeier? Há quatro anos. Que tipo de relação vocês mantinham? Éramos apenas amigos. Que tipo? Amigos, não éramos cúmplices. Teve um caso com ele? Nada comprometedor. Ele confidenciou o seu plano? Não. Não a avisou? Ele falava muito, eram palavras, nada além de palavras. Desculpa o meu atraso, o encontro demorou mais tempo, não, agora perdi, o que você disse? Sim, não, não, estou ouvindo, só desviei minha atenção, um pombo branco está voando por aqui. Ele está rumando direto para o norte, os aviões-caça não podem atacar o navio, só podem observá-lo, precisamos deixá-lo solto, não há outra solução. Você ainda vai longe, pequenos presentes estimulam a amizade, me dê aqui a sua mão, me leve até o país das maravilhas. Ele não tinha senso de humor, era um doido, mas era um doido convicto, vocês jamais o entenderão. Não nos subestime. Vocês não vão entendê-lo, precisariam mudar para poder entendê-lo. Antigamente, guardava-se tudo, daqui a pouco nossas dicas de paquera da semana, às vezes, a superfície de uma geleira lembra um arrecife de corais, hoje precisamos esquecer muita coisa, e continuamos assim BREAKING NEWS: NAVIO-FANTASMA NO ATLÂNTICO BREAKING NEWS: NAVIO-FANTASMA NO ATLÂNTICO e agora outra coisa completamente diferente

x. S 62°35'0" W 59°56'30"

Sim, é verdade, o acidente com Mrs. Morgenthau poderia ter sido evitado se eu tivesse sido menos displicente, se os mandriões não roubassem ovos, se não tivéssemos aportado na ilha Half Moon por sugestão minha; por um lado, um desvio da rota, mas por outro, uma belíssima surpresa, é assim que podemos vender a ideia aos passageiros, uma faixa de terra curva, parecendo uma lua crescente, com quatro morros simetricamente distribuídos, e um monte de pinguins-de-barbicha, com tempo bom, *a walk in the park* com vista para os cumes da ilha Livingston, uma pequena ilha bem ao meu gosto, muito branca, às vezes há pedras negras, em um determinado lugar uma rocha de granito com duas pontas ao lado de um losango inclinado, uma formação que sempre me encanta, mesmo se o tempo mudar não há nenhum motivo para abrir mão de ancorar ali, ao contrário, na luz que escorre pelas fendas entre as nuvens grosseiras e negras, a ilha parecia ter sido inventada por um capricho eufórico, com isso concorda também Mary, última a sair do bote e que para ao meu lado, trocamos algumas palavras, não quero obrigá-la a perguntar pelo homenzinho rechonchudo, mas já descobri que se trata de um viúvo da Virgínia do Oeste, ele reservou uma das quatro suítes reais, de cujo terraço se pode passear o olhar contente pelo Antártico, em vez disso, apontei-lhe o velho elefante-marinho que descansa, seu corpo maciço recoberto de cicatrizes de uma vida bandida, é muito fácil não enxergá-lo quando se busca movimento, como faz a maioria dos passageiros, os quais, apesar dos nossos conselhos, raramente conseguem ficar parados para observar os animais, em vez disso ficam andando, saem pela neve atrás dos pinguins, a câmera pronta para tirar fotos, com exceção de Mrs. Morgenthau, que se posta à distância sugerida na margem da colônia, observando, encantada, como o macho ou a fêmea mantêm os dois ovos quentinhos, "é verdade, o segundo ovo é mesmo menor", ela murmura; assim como muitos outros passageiros, Mrs. Morgenthau se compraz em comparar os conhecimentos adquiridos nas conferências com a realidade (El Albatrós em *on*: o segundo ovo é uma garantia, por isso é menor, assim como um paraquedas de salvamento é menor), se ela tivesse ficado menos concentrada, menos devota, não teria se sentido tão próxima dos pinguins que estavam chocando e não teria interferido naquele idílio, assaltado apenas por aves de rapina à espreita dos ovos malcuidados, voltando depois de tentativas frustradas, um comportamento natural que já nem chamava mais a minha atenção, ao contrário de Mrs. Morgenthau, que focou seu olhar em um mandrião especialmente agressivo, uma ave feia, gorda e malvada, como ela depois me descreveu, sua repugnância foi crescendo e o pássaro chegou a intimidá-la um pouco, ainda que isso soe um pouco ridículo, foi o que aconteceu e explica a sequência dos acontecimentos, que poderiam ter sido evitados, nesse ponto o comandante tem toda razão, se eu tivesse reagido com mais rapidez, se estivesse mais concentrado, se qualquer outro conferencista tivesse assumido o posto tranquilo ao lado da colônia de pinguins-de-barbicha naquele momento fatal, não eu, que estava cansado depois de algumas horas de passeio e me liberara por quinze minutos de qualquer tarefa e, por isso, estava mal preparado para o ataque vertical da ave de rapina que vi de soslaio, minha atenção sendo despertada apenas pelo grito "ele roubou um ovo", a tempo de ver a ave aterrissando com um ovo branco nas garras a menos de três passos de Mrs. Morgenthau, olhando em volta para ver se havia algum perigo antes de se preparar para romper a casca do ovo com o bico, o que não conseguiu fazer, pois Mrs. Morgenthau se lançou sobre o pássaro, arrancando-lhe o ovo com um movimento surpreendentemente veloz, segurando-o cuidadosamente, enquanto o pássaro saiu voando — orgulhosa de sua façanha de salvamento, um pouco espantada, como eu, razão pela qual não reagi imediatamente, só quando ela foi se afastando, em direção do pinguim roubado, que estava imóvel, defendendo o seu segundo — e agora único — ovo, Mrs. Morgenthau foi em direção do pinguim-de-barbicha na melhor das intenções, levando-lhe o ovo como se fosse uma dádiva, agachando-se para pousá-lo suavemente diante da barriga do pinguim, tive tempo apenas de gritar um apressado "não faça isso", em vão, pois Mrs. Morgenthau se sentia como se tivesse sido eleita para devolver o ovo com a vida futura ao animal que chocava, uma intenção tão nobre quanto incompreendida, pois o pinguim, vendo-se na iminência de ser atacado por um monstro vermelho e movido pelo instinto de defender o ovo que lhe restou, abriu o bico e mordeu a mão esquerda de Mrs. Morgenthau, que gritou, deixou o ovo cair e olhava para sua mão, o sangue jorrava e escorria para as pedras, muito sangue, não sei se ela percebeu que eu peguei o seu braço para ver a ferida, ela se desvencilhou a fim de fugir do pinguim, escorregou ao dar o primeiro passo e caiu sobre um outro pinguim, que também chocava ovos em seu ninho e, por isso, não conseguiu escapar a tempo, assim como eu também reagi tarde demais para frear a sua queda, o corpo pesado de Mrs. Morgenthau soterrou o pássaro indefeso, os outros pinguins compreenderam mais rapidamente do que eu o que acontecera, a colônia inteira começou a se movimentar, um ruído infernal começou quando ajudei Mrs. Morgenthau a se levantar, havia restos de ovos grudados no seu abrigo, eu a segurei com uma mão, enquanto chamava El Albatrós pelo rádio, antes de examinar sua ferida — o pinguim mordera a carne macia entre o polegar e o indicador, rompendo todas as camadas da pele, um corte profundo —, nada teria sido muito dramático se eu pudesse limpar logo a ferida, evitando uma infecção, mas na minha mochila faltava o kit de primeiros socorros que devemos levar sempre, não me restando outra coisa senão pressionar meu lenço com força na ferida para estancar o sangramento, no chão, um pinguim imóvel, a nosso redor, ruidosos protestos animais, eu estava prestes a sugerir a Mrs. Morgenthau que fôssemos andando devagar até o ancoradouro quando começaram a cair alguns flocos de neve nas nossas mãos, o tempo estava mudando, começou uma tempestade de neve, o vento uivava, as condições de visibilidade pioraram rapidamente, a ponte de comando nos informou que, devido aos ventos catabáticos que chegavam e podiam facilmente virar um barco do tamanho do bote, seria aconselhável permanecer na ilha durante algum tempo, se necessário, montando a tenda que havíamos levado, até a tempestade passar, até a buzina do navio soar, um toque comprido e três curtos, El Albatrós chegou perto de nós quando começou a cair a geada e a tempestade engoliu tudo, cumes, geleira, os quatro morros e o rochedo de granito com os dois dedos, os outros conferencistas e passageiros e os pinguins, o médico nunca iria conseguir nos alcançar, Mrs. Morgenthau estava à mercê da ilha Half Moon, El Albatrós examinou a sua mão e o meu lenço encharcado de sangue, sua preocupação era visível antes de sussurrar para mim, num alemão cheio de erros, para manter o diagnóstico em segredo da paciente, que a ferida precisava ser urgentemente desinfetada, pois o bico do pinguim é muito contaminado, as bactérias são um perigo para seres humanos (na Antártida, os vírus e as bactérias são mais resistentes por causa das condições extremas, como explicou o médico depois), infelizmente, ele veio sem a sua mochila, porque eu não o informara de que precisaria de um kit de primeiros socorros, motivo pelo qual o médico estará coberto de razão ao afirmar que poderia ter-se evitado que Mrs. Morgenthau estivesse agora no hospital, com febre e a mão inchada, provavelmente por causa de uma erisipela, moléstia antigamente conhecida pelo nome de "fogo selvagem", o médico brasileiro, com o qual finalmente conversei, não deu certeza do diagnóstico, sabemos apenas que, depois de uma boa hora, conseguimos levar Mrs. Morgenthau em estado de choque, bem como os outros passageiros, de volta a bordo — para trás, ficaram um pinguim-de-barbicha morto, alguns ovos quebrados e um mandrião que teve um ovo roubado do bico.

A mudança de Solln para um quarto e sala mobiliado em Moosach foi fundamentalmente diferente da mudança anterior. Tudo o que eu ainda desejava possuir coube na Golf Variant de Hölbl. Levei apenas os livros que eu aprendera praticamente de cor nos últimos anos, todos os outros eu jogara no lixo de papel e papelão nas semanas anteriores, saindo diariamente carregado com bolsas pesadas de pano nas duas mãos, os CDs eu deixei no lixo especial, era uma caminhada mais longa, mas em compensação eles não pesavam tanto. No caminho, lembrei o que o Lama Boltzmann nos contara acerca de uma aldeia no Tibete, sobre a biblioteca no mosteiro local, cujos pergaminhos já não podiam mais ser manuseados havia muitos anos. Os sacerdotes observavam os pergaminhos empilhados e faziam profecias sobre o futuro. À luz dessa tradição, minhas idas até o depósito de papel velho pareciam um exercício budista: precisamos de textos que não são lidos, música que não é ouvida propositadamente, árvores cumes riachos geleiras que são deixados em paz. Passei o longo verão lendo no apartamento de Moosach com uma sensação de liberdade, sem me sentir encurralado por milhares de livros. Minha única preocupação era o que fazer com o saldo da venda da casa, uma soma considerável, mesmo depois de transferida a metade para Helene. Eu me rendi mais uma vez aos textos antigos, animado pela sua persistente ambição de me falar à consciência, razão pela qual, suponho, continuam tão valorizados, apesar de buscarem com toda a força reeducar o ser humano. Os clássicos podem levar luz às trevas, redigem frases que podem ser marteladas em fachadas de pedra. Já autores vivos, isso eu experimentei a cada vez que abria o jornal, devem ser mais modestos, estimular um pouco, excitar, mas de forma alguma querer mudar o mundo. Como querer se rebelar ainda em vida? Constranger os outros não funciona, pois cada um se expõe publicamente, empregar a linguagem patética tampouco funciona, porque tudo acaba sendo banalizado. E violência? A violência é a única linguagem ainda não coberta pelas etiquetas dos patrocinadores. Só compreendemos a violência que se volta contra nós. A violência cometida contra outros permanece estranhamente muda para nós. Nós percebemos esse tipo de violência como um pigarro de uma garganta sem fala, no melhor dos casos, como gagueira. Eu anotava esse tipo de frase no meu apartamento de Moosach agradavelmente apertado, lendo minhas próprias anotações e me perguntando se eu encontrara a resposta certa para os desafios do nosso tempo ou me contaminara pela sua idiotice. A única coisa certa me parece ser que a verdadeira libertação só se obtém através do ato criativo.

Ocasionalmente, eu mandava alguns e-mails. Mesmo nas semanas mais sombrias, eu nunca deixei de me corresponder com alguns colegas queridos, como Shiva Ramkrishna da JNU de Nova Délhi, que tinha um gosto especial em examinar os resultados científicos mais recentes pelo prisma de velhos mitos sânscritos, razão pela qual o derretimento das geleiras e a ameaça de o rio Ganges secar já foram antecipados por velhas profecias, um rio sagrado, cansado dos incontáveis pecados que nele foram lavados, um dia desaparecerá no subterrâneo, até nossos deuses vão mudar, escreveu Shiva em seu último e-mail, uma pequena amostra pode ser obtida na geleira de Siachen, onde os soldados dependem tanto dos helicópteros que eles, tomados pela onipotência dessa máquina, que os alimenta e protege e significa sua última esperança de libertação de seu serviço enlouquecedor a seis mil metros de altitude, começaram a reverenciar o helicóptero com luzes giratórias e cânticos antigos adaptados. Por que não Deus na forma de helicóptero, respondo a Shiva, é um sinal da abrangência da fantasia religiosa, o maior equívoco da cristandade é ter criado Deus a exemplo do homem. Meus pensamentos são interrompidos por conversas com Paulina, uma vez por semana, via Skype, em horários previamente agendados.

Não gosto de receber telefonemas de surpresa, nem de Hölbl, que não admite que a lembrança de Paulina seja capaz de me excitar mais do que a visão de jovens de pernas compridas e pouca roupa dos países periféricos da UE, razão pela qual às vezes desligo, irritado; nem do meu consultor financeiro (designação muito apropriada para alguém que dá consultoria ao banco à custa do cliente), o qual já tentou me vender de tudo, incluindo os certificados mais podres (que palavra mais falsa, nem segurança, nem seguro). Em vão, ele ainda não compreendeu que é muito inferior a mim, porque eu não me sinto obrigado a transformar tempo em dinheiro. Evito os Alpes, assim como viagens para os arredores — aqui já não há mais natureza, eu poderia muito bem ficar sob o efeito das paisagens culturais em duas capas de livro.

Frentes mordidas da geleira, como se o mar fosse um roedor. O céu oferece quatro espetáculos diferentes, sobre o mar, nuvens diferentes daquelas que encimam o gelo de quatro quilômetros de espessura, em volta das ilhas, avolumam-se nuvens do tipo cúmulus, sobre nossas cabeças, uma lona cinzenta. Estamos percorrendo a estrada dos gigantes de gelo. Blocos pontiagudos montam guarda, seus corpos cheios de costelas cinzeladas em alabastro. Paredes batidas, cobre azul, e uma única ave marinha, suave como um traço jogado no papel, a cem solidões de distância do seu ninho. É você, Zeno, com a velocidade de um corpo em queda você despenca para o nada, já não será mais visto nos traços de giz do próximo instante.

10.

Suspeita de... de quê? Onde tem fumaça, tem fogo. O que o enfureceu tanto? O que posso dizer é que não existe quase nada que não o enfureça. Isso não ajuda muito. Vou dar dois exemplos, no ano passado, houve superlotação numa excursão do navio, dois conferencistas foram obrigados a dividir uma cabine, faltou água potável por causa do consumo muito elevado, a dessalinização da água do mar só funciona com uma velocidade superior a quinze nós, por isso, tivemos que ir todas as noites até a ilha Deception e voltar para buscar água para o café da manhã, várias noites seguidas, se tivéssemos ficado um só dia a mais na Antártida, nosso combustível teria acabado. E o que tem isso? Isso o enfureceu muito. Sim, aqui, no grande saguão da estação ferroviária, o pombo não é totalmente branco, tem algumas manchas pretas e duas listas marrons dos lados, não sei como se chama isso. Podemos conseguir imagens originais de uma emissora colombiana, eles estavam com uma equipe a bordo, há muito tempo não temos uma matéria tão sensacional, desde o caso do acidente do petroleiro no porto, lembram? Ele não conseguia voltar nem parar a tempo, onde foi mesmo? Os estivadores viram a catástrofe se aproximando, tiveram quinze minutos para evacuar tudo. Alimento desidratado, lucro é de curto prazo, preocupação é de longo prazo, precisamos ver tudo do ponto de vista psicológico. Comida de estudante, agir no sentido de um futuro que ela não verá mais extrapola a capacidade humana, soluços, sou um cético pio, tosse seca, tenho comprimidos contra tudo, alguns te aumentam, outros te diminuem, alguns fazem você esquecer, e a resposta certa é: o livro mais grosso é o Livro dos Recordes, parabéns, agradeço a todos, carne enlatada, amo vocês todos, BREAKING NEWS NAVIO SEQUESTRADO INVADIDO POR UNIDADES ESPECIAIS BREAKING NEWS NAVIO SEQUESTRADO INVADIDO POR UNIDADES ESPECIAIS mas parece altamente suspeito

XI. S 64°50'3" W 62°33'1"

Abaixo de mim fica o porto de Neko (não há outra localidade de que eu goste mais), a língua da geleira, uma baía em forma ovalada, atrás dela, um estreito marítimo, rodeado de montanhas que se elevam bruscamente, das corcovas de criaturas gigantescas afundadas em um profundo sono de verão, abaixo de mim, gaivotas dominicanas voam em longas espirais. Na baía, o navio parece minúsculo, insignificante, como se bastasse um toque no controle remoto para fazê-lo desaparecer. Inspiro a vista até ela fluir nas minhas veias e nas minhas circunvoluções cerebrais. Jeremy está sentado em uma pedra sem neve, voltado para o lado da geleira, tentando captar o momento em que os pedaços de gelo despencam no mar de espuma. Ele vira sua câmera para mim, sem aviso prévio, que sorte, lá vem o protagonista do novo blockbuster *A vingança do pinguim*, por favor, conte para nós, desde quando sabe que escreveria a história dos cruzeiros antárticos? Minha resposta é uma careta enojada. A câmera nem pisca. Como teve a ideia de usar um pinguim para nocautear uma velha neurótica? Apenas balanço a cabeça. Jeremy levanta com um salto e continua me rodeando com suas botas pesadas e me bombardeando com outras perguntas, enquanto eu bato com a mão no ar para afugentar o entrevistador insistente. Uma última pergunta, se me permite, poderia nos revelar quem vai fazer o papel do pinguim? A neve não é suficientemente firme para que possamos nos movimentar rapidamente nela, nosso riso é mais leve. Corta. Professor Z, por que gosta tanto do gelo? Jeremy parou, seus óculos estão embaçados.

— Por causa da sua diversidade.

— Pode explicar melhor?

— O que há de mais belo na Terra é a diversidade.

— Tudo bem, todos gostamos da diversidade, mas no gelo?

— Nada é tão diverso quanto o gelo. Um corpo sólido que guarda em si gás e água.

— Assim como o ser humano. Corta. Vemos um professor numa elevação acima do porto de Neko que tenta se manter sério, embora adorasse rir, é a seriedade da situação que o obriga a isso.

— Pode se divertir, é mesmo tudo tão engraçado.

— Está bem, vamos falar sério. Corta. Zeno, qual é o seu maior sonho neste momento?

— Quero ficar por aqui, Jeremy.

— Você não sobreviveria.

— Quem sabe, com a barraca e a mochila e a comida desidratada.

— O comandante me condecoraria e talvez até desse um aumento se eu te deixasse para trás, não, não dá, Paulina cortaria a minha cabeça.

— Estou cansado.

— Já no início da temporada?

— Estou cansado de ser humano.

— Você é gente boa, Mr. Iceberger. Às vezes, um pouco estranho, mas...

— Não cansei de ser eu, Jeremy, cansei de ser um humano.

Jeremy dá um passo para a frente, mais um, me abraça inesperadamente, é um ritual reservado para a despedida, eu retribuo o abraço, aperto firme, firme demais, ele grita, não é de brincadeira, escuto um objeto caindo, acompanhado de um xingamento, nós nos largamos e assistimos a câmara Full-HD descendo o aclive íngreme atrás da pedra sem neve, quase para num pequeno ressalto na neve, poderíamos descer, penso, mas ela continua escorregando, ganha velocidade, já desapareceu do nosso campo de visão, continuamos em pé como dois lutadores depois de uma disputa terminada antes do tempo, aprumando os ouvidos, esperando o ruído de sua queda na água, mas ele não acontece. Nós nos entreolhamos. Embora não consiga pronunciar nada, o lamento devia estar escrito na minha testa, pois Jeremy se apressa em nos consolar: nenhum problema, a sua entrevista ficou mesmo péssima, a câmera estava no seguro, e já filmei o porto de Neko com mais luz. Vamos arrumar nossas coisas.

Jeremy arranca uma das bandeiras vermelhas da neve, segura-a como uma lança ou um arpão, essa imagem também deve ter passado pela sua mente.

— Imagina uma baleia engolindo a última edição do Turbulências Cotidianas, e a baleia é morta, abrem-na, e os japoneses, pesquisadores tão diligentes, encontram a câmera na barriga da baleia, imagine-os tirando o chip da memória e colocando-o em uma câmera ainda não corroída pelo suco gástrico da baleia, apertando o *play*, e o que veem? O teu rosto. E o que escutam? Cansei de ser humano. E todos concordam, e um deles diz: também quero, e eles decidem entrar na barriga aberta da baleia, fechar a pele por dentro e jogar a baleia no mar novamente.

— Como podem colocar a baleia no mar, se todos estão dentro da barriga?

— Alguém precisa se sacrificar, alguém precisa ficar do lado de fora e operar o guincho. Satisfeito, seu chato?

— Se isso acontecer mesmo, ficarei muito contente.

— Vamos lá, vamos descendo!

Com as bandeiras na mão, descemos lentamente, logo estamos na altura das gaivotas, pinguins-gentoo sobem lépidos pelos ressaltos das rochas, a neve está toda colorida com a sua urina, a cor verde tão penetrante quanto o fedor de amoníaco. Vista da praia, a geleira é um rosto de mil expressões, cada uma um novo enigma à luz do sol. É quase excessivo, diz Jeremy. E eu não digo nada. Ficamos ali, juntos, por um instante, fascinados com as muitas fendas nas quais os nossos pensamentos caem, o pai caminhando à noite pela casa, sua ladainha inchando até virar um gemido, ele grita e grita e acaba soterrado pelo próprio grito. Parece-me que as geleiras sempre apresentam o último ato de uma peça ruim. O gelo está aqui, ali, por toda parte, como um tapete cujas franjas estalam sob o peso do nosso corpo, está atrás de nós, como um espelho estilhaçado em mil pedaços. Quando as placas se tocam, parecem sininhos tocando, quando batem no casco do navio, parecem um tiro. Há quatro anos, não teríamos conseguido chegar até aqui nessa época do ano. Em terra firme, os espíritos da água se contorcem e competem para chamar nossa atenção, lá em cima os anjos montam vigília, as asas coladas ao corpo gelado. Às vezes, quando nenhum outro ser os observa, os espíritos da água caem na água negra e mergulham até o fundo para buscar a calma. O gelo flutuante acaba em linha reta, como se alguém tivesse passado uma régua. Por alguns momentos, consegui imaginar o gelo se adensando, encurralando o navio, prendendo-o para sempre. No deque externo, preparam um churrasco ao ar livre, enquanto o navio flutua por mais um estreito marítimo. O tempo está ameno, o ambiente eufórico. Música sai dos alto-falantes chamando para a dança, apesar do *look* polar, *sunshine, sunshine reggae*, um *pas de deux* em botas lunares, *don't worry don't hurry take it easy*, tudo recende a churrasco, *sunshine, sunshine reggae*, um casalzinho me pede para tirar uma foto, digo *cheese*, ela responde *honeymoon*, fazendo um biquinho, *let the good vibes get a lot stronger*, não sentirei falta de nada disso.

Com a última luminosidade do dia, jogamos âncora numa baía cheia de placas de gelo, redondas como baleias brancas, esguias como suas nadadeiras caudais, pontudas como seus dentes, no meio dela desliza um cisne de cabeça inchada. Escurece, lentamente, uma ave de rapina sai do seu ninho e arranca um último grito do céu escuro. Eu sonho com a morte no alfabeto.

11.

Como conseguiu essa façanha, Carstens, enviar nossa colega justo para o navio que foi sequestrado, você é um gênio. Não adianta, mas tampouco tira pedaço, não sou um ornitólogo, uma reles pomba tentou aterrissar, o assoalho acabou de ser encerado, ela escorrega, é isso, nada mais, só porque você me perguntou por que eu não estava prestando atenção, a ideia de uma carteira de dinheiro vazia amedronta a humanidade mais do que a ideia de seu próprio fim. Você se descreveria como inimigo da humanidade? Sim, num sentido positivo. Prefere os pássaros às pessoas? Pergunte aos meus filhos. Nao crê que um amor exageradamente intenso à natureza possa levar irremediavelmente à violência contra o homem? Ao contrário, a falta de amor à natureza gera violência, também contra os humanos. Você pensa que animais e pessoas são iguais? Valem a mesma coisa. O homem não é um ser superior? Não que eu saiba. Não queremos perder o bom humor, dois veados na periferia da cidade, os carros ficam parados, os veados cruzam o campo, o copo está metade vazio ou então transborda, se ele bate, ele fica, se ele atropela, ele vai embora. Temos a lista de passageiros, é surpreendente quantos VIPS se juntam quando se envia um navio para o Antártico, quero saber tudo sobre cada um deles, principalmente sobre esse magnata do carvão da Virgínia do Oeste que acabou com montanhas inteiras antes de vender sua empresa para a Patriot Coal, bem como sobre o ornitólogo apaixonado que, na vida real, produz filmes pornográficos, e sobre o apresentador que tirou férias porque a sua voz sumiu, são histórias das quais precisamos, Carstens. Não costumo remexer lixo, era papel velho, eu vi da minha janela que ele estava jogando livros fora, fui até lá de carro, embora fosse na próxima esquina, como se eu tivesse intuído o que encontraria, os melhores livros, volumes de bibliófilos, primeiras edições, tudo naquele contêiner ao lado de embalagens de pizza e folhetos de propaganda, precisei salvar os livros, não costumo remexer lixo, BREAKING NEWS: PASSAGEIROS VOLTAM PARA CASA SÃOS E SALVOS BREAKING NEWS: PASSAGEIROS VOLTAM PARA CASA SÃOS E SALVOS tudo deu supercerto

XII. S 64°27'1" W 62°11'5"

Há muitos anos, pela primeira vez, desde o mais quente de todos os verões e depois de vários outros verões quentes, desde aquele verão em que o relatório sobre o clima que publicamos em junho já estava superado em agosto, pela primeira vez desde que extirparam o meu cotidiano mentiroso de dentro de mim e a minha geleira se extinguiu, não tive pesadelos na noite passada. Dormi sem meu segundo rosto. Ao acordar, senti-me revigorado, como depois de uma sessão de organoterapia. Continuo deitado na cama, uma luz tímida penetra por baixo da cortina. Mais um dia, um dia como nenhum outro. Paulina se alonga. Do lado de fora, os passos de um passageiro que dá suas caminhadas matinais. A luz do abajur permite ver o rosto de Paulina. Quem é você?, pergunto. Uma menina encantada, responde ela, que precisa se transformar na primeira criatura que ela vê ao acordar.

— Que praga terrível!

— Sim, imagina se fosse o cozinheiro-chefe. Mas eu tive sorte, eu vi você.

— Você chama isso de sorte? Você vai se transformar em um velho, um homem velho e feio.

— Eu vou me transformar em você, em Zeno. Escuta, a história continua, você também foi encantado pelo mesmo espírito.

— Que espírito?

— Um espírito que confundiu tudo, agora você terá de se transformar em mim.

— Fiquei com a melhor parte.

— E então estaremos de fato unidos, nas nossas recordações somos Zeno e Paulina, aqui, somos Paulina e Zeno.

Ela estica seu braço através do espaço entre as duas camas, nossas mãos se cruzam, não conheço nenhum gesto mais comprometido. Começo a massagear os seus dedos. Você também tem medo do inferno?, pergunta ela, sem mais nem menos, os dois ainda debaixo dos lençóis, voltados um para o outro. Não respondo imediatamente, estou concentrado nos seus dedos, mais estreitos na base da unha, tentando me esquecer do pensamento de que essa será a última vez em que acordamos juntos. Toco a ponta dos seus dedos com o indicador, uma após a outra, sem saber se a sua pele guardará esses toques. Se eu também pudesse ficar guardado na sua história e pudesse fazer um desejo, pediria que o Lete passasse entre o continente gelado e a ilha Brabant.

— O inferno não é um lugar — respondo finalmente —, o inferno é a soma de tudo o que deixamos de fazer.

Ela me olha, perplexa, seus dedos se fincam na palma da minha mão, seu polegar pressiona meu punho até doer.

— O inferno é descobrir muito tarde, tarde demais, que não fizemos nada daquilo que poderíamos ter feito, que deveríamos ter feito. E não há mais escapatória a partir dessa descoberta.

— Compreendo — disse ela —, você quer me acalmar — Seus dedos se distendem. — Do teu jeito singular, quer me dizer que não irá para o inferno.

Dan Quentin está em uma encosta de pedra, segurando o megafone e dirigindo seus atores cobertos de roupa vermelha no gelo. Agora imaginem um SOS de verdade, troveja o megafone, no meio há um círculo, símbolo do indestrutível, emblema da vida, ao lado há duas cobras. Por que digo cobras, e por que digo duas cobras? Porque se trata de dois estados originários, pensem nisso ao formar o S, é importante, o estado da intoxicação é um deles, a condição da cura é o segundo, *are you with me*? Dan Quentin abaixa o megafone e deixa o olhar passear pela sua obra de arte em formação: trezentas pessoas à espera de suas instruções. Ele parece bem-humorado, contente. Explicará em inúmeras entrevistas como conseguiu realizar esta obra-prima. Depois de ter dito tudo o que queria dizer, a apresentadora lhe perguntará, tímida, como resolveu o drama que se seguiu ao maior sucesso artístico da sua vida. Então, Dan Quentin afirmará com um tom de voz solene... *Now, all together, give me an* S, braços vermelhos voam para cima, *give me an* O, braços vermelhos para cima, *give me an* S, braços vermelhos para cima, *give me a proud and loud* SOS, todos os braços voam para o alto, parece uma quermesse, uma Oktoberfest no extremo sul, vozes sobem como fumaça, diferenças linguísticas em vermelho, preto, branco e cinza, estou perto de Quentin, cujo rosto expressa comoção tensa, os tripulantes melhoram algumas imperfeições nas linhas fluidas, esses filipinos cuidam mesmo de tudo nessa viagem, até de um SOS sem reentrâncias ou saliências. Os botes salva-vidas chegam trazendo mais membros da tripulação, os quais acorrem à pequena elevação como soldados atrasados, para não perder o espetáculo.

— Já basta — grita Quentin para mim —, já temos pessoas em número suficiente.

— Mas eles querem participar.

— Não precisamos deles.

— Tarde demais.

— Mande-os voltar, agora só vão atrapalhar.

— Tarde demais, a tripulação também quer fazer parte do SOS.

— Não foi o que combinamos.

— Quanto mais, melhor, foi o que você disse.

Eu estava me referindo aos passageiros, grita Quentin do alto do seu morrinho, *hurry, hurry*, berra pelo megafone, o assessor e seus assistentes ajudam a enfiar as garçonetes, os cozinheiros, os técnicos, as camareiras, as lavadeiras na fila de donos de cartório, consultores de empresas, gerentes e analistas financeiros, formando um S crescente, entre eles também Paulina, que avisto brevemente na multidão, atrás dela, Ricardo, com as mãos pousadas nos seus ombros, antes que os perca de vista, de repente, a luz do sol entra na nossa festa no gelo, *this is the moment*, Quentin vem correndo na minha direção, joga o megafone para mim, *it's now or never*, ele está pronto para aproveitar o momento histórico, um Napoleão das artes, corre até o helicóptero com passos rápidos, essa é também a minha deixa, eu comunico a Jeremy por rádio que voltarei ao navio, El Albatrós saiu para procurar um ninho de biguá-imperial que supostamente haveria ali por perto, Beate achou um lugar na segunda curva do S, o helicóptero levanta voo, todas as mãos acenam, o empresário de Dan Quentin corre de um tripulante para o próximo, provavelmente para lembrá-los de que agora precisam sair de quadro, eles são o esqueleto que precisa ser rapidamente desmontado para que se possa ter um SOS puro e radiante, e eu peço a um dos marinheiros que me leve de volta ao *Hansen*, ele cumpre o pedido a contragosto, porque não quer perder o espetáculo, mas o seu humor melhora rapidamente quando lhe digo que poderá voltar imediatamente, levando ainda todos os colegas a bordo, até mesmo a recepcionista, foi combinado com o comandante, *today is a happy day, today is a holiday*. Quanto menos gente ficar no navio, mais fácil será para mim.

Do deque, vejo o SOS a olho nu, pelo binóculo reconheço os diversos passageiros, levanto o olhar para o céu, até o helicóptero, que dá uma primeira volta, a luz se reflete na lente de Dan Quentin como uma explosão, como um sinal visual para começar a corrida. Os poucos tripulantes que ficaram a bordo para qualquer emergência devem entrar num bote de salvamento, ordeno. Eles acreditam quando digo que o comandante deseja ver esse exercício agora, enquanto o tempo está estável. Agora só me resta convencer os tomadores de decisão a entrar num bote. O ruído do helicóptero e do guincho me acompanha de volta ao interior do navio.

Finalmente a sós. Em um mar calmo, e não numa onda da história, sozinho num navio de cruzeiro que pode ser controlado com um joystick, como se a viagem pelas ilhas de gelo fosse apenas um jogo de computador. *Track steering*, eis o nome desse milagre da tecnologia, basta mexer uma pequena alavanca para que o navio siga um rumo pré-programado; no dia em que conversamos sobre o Ladakh e o Tibete, Vijay, o oficial de navegação, mostrou-me como programar a rota, as travessias sem tormentas consistem de turnos enfadonhos, falamos também de Kailash e Gangotri, eu indiquei como meta o mar aberto, do jeito que ele me ensinou, um ponto qualquer no vasto oceano Atlântico, parece que está funcionando, o navio rasga as águas, com certeza continuará assim sem mim. A ponte tem três aparelhos de radar (o mar é negro e a terra, amarela) e duas bússolas (magnética, eletrônica) — não vou precisar de nada disso, tampouco do *Automatic Identification System* que mostra aos outros onde o *Ms Hansen* se encontra e me comunica o que está se aproximando dele. Eles vão conseguir chegar até mim. Recolho a bandeira do mastro da proa e a jogo no cesto de lixo plástico.

Será um longo dia.

Alguém haverá de encontrar este caderninho, alguém haverá de lê-lo, publicá-lo ou escondê-lo. Seja como for, não sinto necessidade de explicar mais nada. O ser humano é um enigma, alguns bilhões de homens organizados em um sistema parasitário são uma catástrofe. Cansei de ser um indivíduo nessas circunstâncias. "Seria maravilhoso poder percorrer as ruas com uma faca verde na mão e gritar até congelar." Na frente de cada casa há um pássaro empalhado. Antigamente eu achava que precisava me defender contra a misantropia que tomava conta de mim, mas hoje já tenho certeza de que precisamos derrubar o homem do seu pedestal para salvá-lo. Que diferença faz se ele é cego ou louco, surdo ou limitado? Somente um grande golpe será capaz de assustá-lo. Estou calmo e decidido. Desligo a chave geral, apagando todas as luzes a bordo.

Está mais do que na hora.

O que me consola? Que, do homem, não restará nada além de alguns coprólitos. Vou sair quando escurecer, vou voar, rodeado de peixes de gelo e de ascídias flutuando abaixo de mim e de arraias acima de mim, vou voar até meu sangue virar gelo.

12.

São medidas perfeitas, cotação do cobre, é um segredo de Polichinelo, pode esquecer, todos precisam dar sua cota de sacrifício, enquanto a demanda existir, platina, ninguém questiona, isso é que eu chamo de eficência, mais cedo ou mais tarde chega a hora de todos nós, ferro, todos os corvos no céu são negros, que medidas perfeitas, temos que estar preparados para qualquer emergência, lol, atrasos inexplicáveis por toda parte, cromo, fazemos o que podemos, em seu túmulo deveria estar escrito: desconfiem dos sobreviventes, fechem os olhos e passem, quem piscar perde a metade, ouro, foi mal, ninguém questiona fora aqueles que negam o fato, você não tem que duvidar, claro que quero ir para casa o mais rápido possível, não, não estou aqui porque quero, olhando para os pombos, sei lá como ela parece, insegura, sim, insegura, carvão, programação errada, nós nos safamos, urânio. Fizemos buscas pelo navio inteiro, com certeza não há mais ninguém a bordo, nenhuma pista do que possa ter acontecido com o sequestrador, achamos alguma coisa, uma espécie de sinal de vida, no console ao lado do comando, na ponte, um caderninho cheio de anotações, se não me engano, em alemão, talvez nos dê alguma pista sobre o ato. Fugimos para o sol onde chovem dólares, onde o ambiente de negócios é mutável e a temperatura é contra a bancarrota. Eu me enganei, tem mais alguém a bordo, descobrimos nos monitores uma senhora idosa que estava errando pelos corredores, ela parecia confusa, seus olhos vítreos, disse que foi atacada por um pinguim, não faz muito sentido, diz que não sabe nada de sequestro porque estava dormindo profundamente por causa dos antibióticos fortes, temos de interrogá-la, naturalmente. Os obesos se sentem seguros, de manhã, à noite e no outono, estar preparado para tudo, estamos cavando um lar para o seu futuro, *a revolução não será televisionada*, ter que estar preparado para tudo, repito, *the revolution will not be televised* BREAKING NEWS: HOJE AS LUZES SERÃO APAGADAS POR CINCO MINUTOS BREAKING NEWS: HOJE AS LUZES SERÃO APAGADAS POR CINCO MINUTOS nunca chega o

fim

Agradecimentos

a todos aqueles que tão generosamente compartilharam seus conhecimentos comigo e me ajudaram, em terra firme e em alto-mar:

Dr. Reinhard Böhm, pela vívida história das geleiras

Kristina Dörlitz, pela excelente ajuda na pesquisa

Alexandra Föderl-Schmid, pela nova encomenda do livro

Petra Glardon, pelas maravilhosas fotografias de iceberg

Prof. Dr. Wilfried Haeberli, pelo encorajamento informativo

Klaus Hledik, pelo dialeto bávaro

Christoph Hofbauer, pela consultoria de PS

Mijnheer Hans Huyssen, pela música

Angelika Klammer, pela revisão inspirada e inspiradora

Freddy Langer, pelo simpático serviço de divulgação para a imprensa

Dr. Rudi Mair, pela conversa sobre a invernagem na Antártida e o clima nos Alpes

Borrego Pedro Rosa Mendes, pelos dias e pelas noites às margens do Tejo

Compañero José F. A. Oliver, pela leitura enfática

Georg M. Oswald, pelo dialeto da Alta Baviária

Papa Heinz Renk, por nos guiar até as geleiras do Tirol

Dr. Miguel Rubio-Godoy, pela avalanche de calamidades

Dr. Christine Scholten, pela consultoria médica

Dorothée Stöbener, pela primeira encomenda do livro

Susann Urban, por ter me dado o título de presente

Juli Zeh, pelas canetadas em vermelho

A companhia de navegação Hurtigruten, pela dupla hospitalidade.

Os poemas citados são autoria de Samuel Taylor Coleridge, Klabund e Pablo Neruda.

ESTA OBRA FOI COMPOSTA EM ELECTRA PELO ACQUA ESTÚDIO E IMPRESSA
PELA RR DONNELLEY EM OFSETE SOBRE PAPEL PÓLEN BOLD DA SUZANO PAPEL
E CELULOSE PARA A EDITORA SCHWARCZ EM JULHO DE 2013